Oetinger

Annika Scheffel, 1983 geboren, ist Prosa- und Drehbuchautorin und lebt in Berlin. Für ihre Arbeiten wurde sie mehrfach ausgezeichnet, unter anderem mit einem Stipendium der Drehbuchwerkstatt München und dem Förderpreis zum Grimmelshausen-Preis für ihren 2010 erschienen Debütroman »Ben«. 2015 erhielt sie den Robert-Gernhardt-Preis. »Nelli und der Nebelort« ist ihr erstes Buch für Kinder.

Annika Scheffel

NELLI

und der

NEBELORT

Bilder von Joëlle Tourlonias

Verlag Friedrich Oetinger · Hamburg

Für Junis

MIX
Papier aus verantwortungsvollen Quellen
FSC® C002795

Einband und Illustrationen von Joëlle Tourlonias
Satz: Sabine Conrad, Bad Nauheim
Druck und Bindung: Livonia print, Riga
Printed 2016
ISBN 978-3-7891-4753-1

www.oetinger.de

Im Nirgend-Haus aber saß Meister Hora, den die zurückgekehrte Zeit aus seinem ersten und einzigen Schlaf erweckt hatte, auf seinem Stuhl an dem kleinen zierlichen Tischchen und schaute Momo und ihren Freunden lächelnd durch seine Allsicht-Brille zu.

(Michael Ende: Momo)

Am Anfang eines großen Abenteuers

Die meisten Geschichten beginnen mit einer Reise. Mutige Prinzen, starke Prinzessinnen, abenteuerlustige Erwachsene, Kinder oder Tiere machen sich auf den Weg. Plötzlich geschieht etwas, das ihre Welt ändert. Und dann reisen sie.
Diese Geschichte beginnt mit einem Ankommen. Unsere Heldin reist und reist, und dann passiert etwas und sie hört auf zu reisen. Unser Abenteuer beginnt, als die Welt stehen bleibt. Für solch ein Abenteuer braucht man ein bisschen Zeit. Gut wäre es, wenn es eine Decke gäbe, einen Sessel, einen Teppich, am besten einen fliegenden. Aber es geht auch ohne. Diese Geschichte lässt sich auch erzählen, wenn es gar nichts gibt. Nichts außer einer großen Lust auf Abenteuer. Und einer heldenhaften Portion Mut. Wenn es das gibt, dann können wir uns auf die Reise machen. Jetzt sofort.

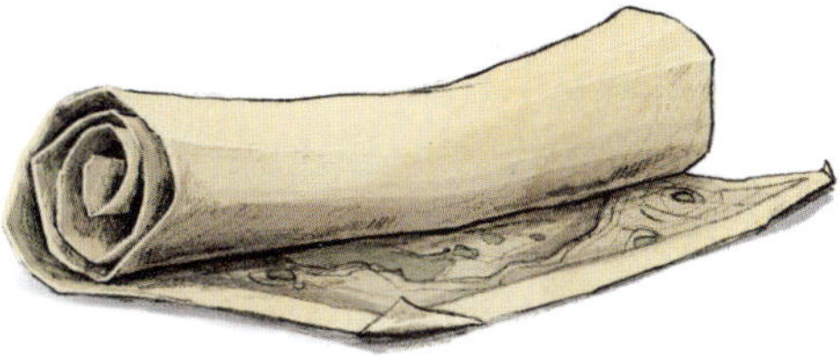

Bereit?
Man muss zählen, am Anfang jedes großen Abenteuers sollte man zählen. Am besten von drei rückwärts, denn drei ist eine sehr gute Zahl für ein Abenteuer.

Also: Tief Luft holen und … Drei …

Zwei …

Eins!

ERSTER TEIL:

UNTERWEGS

Manchmal sucht man etwas,
was sich nicht finden lassen will.
Und manchmal findet man was,
was man gar nicht gesucht hat.
Das kann man sich nicht aussuchen.

(Nelli)

ERSTES KAPITEL

Von Rätseln und Geheimnissen

Da sind sie. Nelli und Ava, Ava und Nelli. Mutter und Tochter, und das sieht man. Die Leute sagen zu Ava: »Wie aus dem Gesicht geschnitten ist dir das Kind.«
Die Leute freuen sich, wenn Kinder aussehen wie ihre Eltern in klein. Besonders Omas und Opas freut das sehr. Wahrscheinlich, weil Omas und Opas sich dann daran erinnern, wie die Mamas und Papas selbst klein waren. Die Omas und Opas sind meistens der Meinung, dass das damals die beste Zeit ihres Lebens war. Als die Eltern noch Kinder waren. Sie erzählen auch gerne Geschichten von diesem Ort, jenem Ort, der anscheinend *Früher* heißt.
»Früher mochtest du gar keinen Fisch«, sagen sie.
»Früher hattest du ganz helles Haar.«
Und: »Früher warst du immer so lieb.«
Der Ort, den die Großeltern *Früher* nennen, muss ein wunderbarer Ort gewesen sein. Einer, an dem manche gerne für immer geblieben wären. Was natürlich nicht geht.

Früher ist ein Ort, an dem man nicht bleiben kann.
Nellis Mama Ava kennt diesen Ort nicht. Sie spricht nicht über früher. Nicht darüber, was sie am liebsten jeden Tag gegessen hätte. Nicht über ihr Lieblingskuscheltier. Nicht über den ersten Schultag. Es gibt auch keine Oma und keinen Opa, die sich an diesen Ort zurücksehnen. Die Nelli sagen, dass sie so aussieht, und zwar haar-ge-nau so, wie ihre Mama.
Nur fremde Menschen sagen das. Wenn Nelli und Ava an neue Orte kommen. Wenn sie sich in die Fußgängerzonen der Städte stellen, wenn sie ihren bunten Bus auf Marktplätzen parken. Wenn sie sich auf Strandpromenaden aufbauen. Dann ist es meistens das Erste, was die Leute sagen: »Mein Gott, diese Haare! Ihr gleicht euch ja wirklich haar-ge-nau.« Dabei sehen Nelli und Ava sich gar nicht so ähnlich. Es stimmt zwar, sie haben die gleichen wilden Locken. Die stehen in alle Himmelsrichtungen ab. Aber da ist dann auch schon der erste große Unterschied: Avas Haare stehen meistens nach Westen, Nellis nach Süden. Das kann man also schon mal gar nicht vergleichen. Außerdem sind Avas Haare fast rot, *kupfer*, sagt sie. Nelli sagt, dass Ava leckere Haare hat. Ihre Haare sehen nämlich so aus, als würden sie ziemlich gut schmecken. So gut wie Vanilleeis mit Himbeersoße. Nelli weiß allerdings mittlerweile, dass Avas Haare nur lecker aussehen, besonders gut schmecken tun sie nicht. Einmal, als Nelli noch ganz klein war, hat sie Ava in die Haare gebissen. Vanilleeis mit Himbeersoße schmeckt besser. Eindeutig.
Nellis Haare sehen auch sehr lecker aus, sagt Ava. Aber Nelli passt auf, dass Ava sie nicht in die Haare beißt. Ava sagt au-

ßerdem, dass Nellis Haare aussehen wie Pusteblumenschirmchen. Als Ava das zum ersten Mal gesagt hat, hatte Nelli Angst, dass ihr die Haare im Frühling wegfliegen. Sie hat von März bis Juni eine Mütze getragen und einen sehr warmen Kopf gehabt. Pusteblumen und leckere Kupferhaare also, da kann man wirklich nicht von »haar-ge-nau« sprechen.

Und da sind natürlich noch mehr Unterschiede:

Ava ist kurz vor dreißig, und Nelli ist kurz vor zehn.

Ava schläft gerne lange, Nelli schläft am liebsten gar nicht.

Ava mag manchmal Nudeln, Nelli mag Nudeln jeden Tag.

Ava tanzt zu Musik, Nelli tanzt oft einfach so.

Ava übt Gitarre, Nelli übt fliegen.

Das mit dem Fliegen übt sie nicht allein. Nelli übt fliegen mit Jupiter. Jupiter ist ein Pilot. Nebenbei ist Jupiter auch noch ein Schwein, aber das wäre nicht das Erste, was er selbst über sich erzählen würde. Wenn er sprechen könnte – also, so sprechen wie die Menschen –, dann würde er sagen, dass er als Pilot geboren wurde. Er glaubt fest daran, dass er das Fliegen lernen wird. Nelli hilft ihm natürlich dabei.

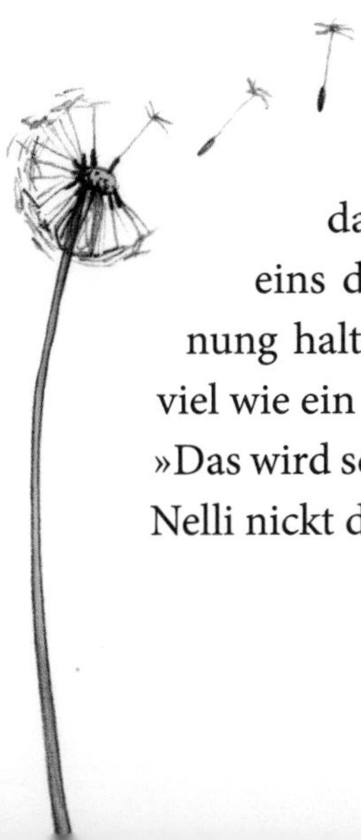

Manchmal, ganz insgeheim, ist sie sich nicht so sicher, wie das funktionieren soll, das mit Jupiter und dem Fliegen. Er ist zwar eins dieser Minischweine, die man in der Wohnung halten kann, aber Jupiter wiegt mindestens so viel wie ein ausgewachsenes Hausschwein.

»Das wird schon, das mit dem Fliegen«, sagt Jupiter, und Nelli nickt dann.

Er wird das wissen, schließlich ist es sein Traum.
So ist das mit Jupiter.
Es gibt sogar noch mehr Unterschiede zwischen Ava und Nelli:
Ava liest die Zeitung, Nelli stellt sich Sachen vor.
Ava hat keine Eltern, Nelli hat Ava.
Manchmal wünscht Nelli sich, dass Ava ihr Geschichten vom *Früher* erzählt, von der Zeit, bevor es Nelli gab. Als Nellis Oma und Opa noch da waren. Aber Nelli fragt Ava nicht mehr nach Oma und Opa. Weil Ava dann traurige Augen bekommt und eine Falte rechts über dem Mundwinkel.
Das mit Oma und Opa ist ein Geheimnis, das kribbelt und wartet. Aber das mit Eric ist ein Rätsel, das Nelli und Ava unbedingt lösen müssen. Am besten ganz bald.

ZWEITES KAPITEL

Das mit Eric

Das Rätsel mit Eric gibt es schon immer. Das Rätsel mit Eric gibt es, solange Nelli sich erinnern kann.

So ist das: Ava und Nelli und Jupiter fahren und suchen.

Sie suchen Eric. Eric ist Avas große Liebe und Nellis Seemannspapa.

»Mit Eric ist es schwierig«, sagt Ava. Dann verbessert sie sich: »Ohne Eric ist es schwierig.«

Nelli nickt, obwohl sie nicht versteht. Das passiert selten. Meistens fragt Nelli nach. Auch fünf Mal, wenn es sein muss. Bis zu eintausenddreihundertsiebenundzwanzig Mal hat Nelli schon nachgefragt. Aber wenn es um Eric geht, ist es besser, zu nicken. Ava sagt: »Es ist schwierig ohne Eric, weil ich ihn so sehr vermisse.«

Nelli weiß, dass Ava Eric vermisst. Deswegen gibt es im Bus ein Bild von ihm. Das Bild hängt über dem riesigen geblümten Sofa am Esstisch. In dem Sofa kann man versinken, und dann muss man nur den Kopf ein Stück drehen, und dann kann man sich das Bild von Eric ansehen. Auf dem Bild sieht Eric fröhlich aus und bunt. Er trägt ein rot-weiß geringeltes T-Shirt und eine knallblaue Hose. Er hat sehr rote Wangen und einen Mund, der von einem Ohr zum anderen reicht.

Eric hat grüne Augen, die so groß sind wie die einer Eule in der Nacht. Nelli weiß das, weil sie schon Eulen in der Nacht gesehen hat. Eric steht vor einem Segelboot, das auf einem himmelblauen Meer schwimmt. Auf dem Bild sagt Eric gerade: »Hallo, Ava!«
Er hat eine Gitarre in der Hand, genau die Gitarre, die jetzt neben Nelli im Fahrerhaus des Busses steht. Auf der Gitarre spielt Ava abends traurige Lieder. *Eric hat immer gesungen, den ganzen Tag*, hat Ava Nelli erzählt.
Auf dem Bild schwebt Eric einen halben Meter über dem Boden, er sieht aus, als könnte er fliegen. Manchmal, bevor Jupiter zum Fliegen-Üben auf das Busdach klettert, sieht er sich das Bild an. Als Inspiration.
Nelli hat das Bild für Ava gemalt. Weil Ava Eric so sehr vermisst und weil Nelli das ganz genau weiß.
»Du, ich und Jupiter, das reicht«, sagt Ava manchmal. »Aber mit Eric wäre es noch schöner.«
»Bestimmt«, sagt Nelli dann.
Das mit Eric ist nicht nur schwierig, weil Ava ihn vermisst, sondern auch, weil Nelli nicht versteht, warum Eric überhaupt verschwunden ist.
Ava sagt: »Eric ist mir verloren gegangen.«
Nelli versucht, sich das vorzustellen. Sie stellt sich vor, wie Mama und Eric Hand in Hand auf Erics Schiff stehen und eine Welle kommt. Wie sie Eric erfasst und über Bord spült. Wie Ava allein auf dem Schiff bleibt und die Welle Eric zu einer weit entfernten Insel trägt. Wo er wartet, auf Ava und auf Nelli. Auch auf Nelli, weil Nelli schließlich seine Tochter ist.

NELLI

Aber: Wenn das so gewesen wäre, dann wäre das Schiff ja noch da. Erics kleines Schiff, mit dem hölzernen Mast, den weißen Segeln und der winzigen Kajüte, in die nur ein Bett passt und ein klitzekleiner Herd.
»Und ich dürfte das Steuerrad drehen, während ihr euch küsst«, sagt Nelli und grinst.
Ava grinst auch, aber ihre Augen grinsen nicht mit. Wenn Ava an Eric denkt, verschwindet sic cin Stück weit für Nelli. Und deshalb will Nelli, dass sie Eric möglichst schnell finden. Um jemanden zu finden, muss man forschen.
»Wer nicht forscht, der nicht findet«, sagt Nelli.
Deswegen sind sie immer unterwegs, deswegen reisen sie.

DRITTES KAPITEL

Die Zwillinge und der Streifenmensch

Heute ist der Tag, an dem das große Abenteuer so richtig beginnt. Angefangen hat es vielleicht schon vor ein paar Jahren. Mit Erics Verschwinden oder mit Nellis Geburt oder so. Aber heute ist der Tag, an dem Nelli merkt, dass sie mitten in einem Abenteuer steckt. Wie fast immer, kurz bevor ein Abenteuer beginnt, fühlt sich alles ganz normal an.

Es ist irgendein Tag in irgendeinem Mai. Es ist der erste warme Frühlingstag. Ava und Nelli und Jupiter sind gerade in einem kleinen Ort angekommen. Einem Ort am Meer. Das ist nichts Besonderes, das mit dem Meer. Ava und Nelli und Jupiter reisen immer in Orte am Wasser, an Seen, Ozeanen, an Meeren. Logischerweise können sie Eric, den Seemannspapa, nur am Meer finden. Er kann ja nicht an Land mit seinem Boot.

Wie immer parkt Ava den Bus. Dann teilen sie sich auf.

Jupiter springt die Wendeltreppe hoch, auf das Busdach, um Vögel zu beobachten, Flüge zu studieren. Ava geht los, um sich einen Überblick zu verschaffen. Einen Überblick verschaffen bedeutet, dass Ava sich den Ort ansieht. Sie sucht nach Spuren von Eric, nach Zeichen, dass er hier ist oder wenigstens hier war. Sie fragt Menschen, sie zeigt ihnen Nellis

Bild, die Gitarre. Meistens schütteln die Menschen dann den Kopf. Manchmal gucken sie eine Weile an Ava vorbei in die Luft. Dann sagen sie, dass sie Eric vielleicht mal gesehen haben. Irgendwo. Die Menschen erinnern sich nie, wo das war. Ava sucht in jedem Ort so lange, bis es keine Spuren mehr gibt, niemanden, der irgendetwas weiß. In großen Orten dauert die Suche lange. Dieser Ort ist ein kleiner Ort. Also hat Nelli heute nicht so viel Zeit.

Nelli sucht auch. Nelli sucht jemanden zum Spielen. Sie findet einen Zwillingsjungen und ein Zwillingsmädchen, die auf einer Bank sitzen und auf ihren Papa warten. Der Papa hat ein T-Shirt mit Loch im Rücken und kauft sich gerade eine Zeitung.

Das Zwillingsmädchen sagt zum Zwillingsjungen: »Mir ist langweilig!«

Der Zwillingsjunge nickt. »Mir auch.«

Nelli kann richtig sehen, wie langweilig den beiden ist. Den Zwillingen ist so langweilig, dass sie gähnen müssen. Und das Zwillingsmädchen hat schon einen ganz glasigen Blick. Nelli zögert nicht lange, sie setzt sich zu den beiden auf die Bank. Sie ist ein bisschen aufgeregt. Weil sie ja noch nicht weiß, ob die Zwillinge überhaupt Lust haben, mit ihr zu spielen.

Wegen der Aufregung muss Nelli ganz schnell sprechen: »Hallo, habt ihr Lust, schwimmen zu gehen oder eine Sandburg zu bauen oder aus einem Strandkorb eine Höhle zu machen?«

Der Zwillingsjunge sieht das Zwillingsmädchen an, das Zwillingsmädchen nickt. Dann lachen sie, und dann sagen sie,

ganz genau gleichzeitig, als ob sie nur eine Stimme hätten: »Super! Das machen wir. Das machen wir alles!«
Und dann laufen sie zum Strand runter, und der Zwillingspapa ruft ihnen hinterher, dass das Wasser zu kalt ist, jetzt, im Mai.
Aber da sind die drei schon in den Wellen.

Es stimmt zwar, das Wasser ist ziemlich kalt, aber wenn man sich erst einmal daran gewöhnt hat, ist es in Ordnung. Nelli spielt mit den Zwillingen, dass ein Hai sie angreift. Dann spielen sie, dass sie Schiffbrüchige sind, und dann hört Nelli auf zu kreischen und bleibt ganz still stehen und sieht aufs Meer. Nelli hält Ausschau nach Eric. Kann ja sein, dass er gerade abfährt oder ankommt.
»Hey!«, ruft das Zwillingsmädchen. »Du musst dich beeilen, wenn du noch aufs Rettungsboot willst. Da hinten kommt nämlich eine riesige Welle, und die drückt dich unter Wasser. Also schnell!«
Die Zwillinge ziehen Nelli auf ihr Rettungsboot, das eigentlich eine löchrige Luftmatratze ist, und Nelli vergisst Eric wieder.
Als sie genug *Schiffbrüchig* gespielt haben, bauen sie eine Sandburg. Die Sandburg ist so hoch wie Nelli zweimal übereinandergestapelt. Was natürlich nicht geht, weil es Nelli nur einmal gibt.
»Du bist einmalig, Nelli!«, sagt Ava immer.
Jedenfalls ist die Burg sehr hoch, und sie hat vier Türme und unzählige Geheimgänge, die das Zwillingsmädchen zu zählen

versucht, weil sie ihrer Mama alles genau berichten möchte. Die Mama der Zwillinge ist zu Hause geblieben, in der Stadt.
»Mama braucht heute mal Zeit für sich«, sagt der Zwillingsjunge.
Nelli versteht nicht genau, was er meint, schließlich hat jeder doch seine eigene Zeit, Nelli und Ava und Jupiter und die Zwillinge und ihre Mama. Aber Nelli fragt nicht nach, weil sie jetzt aus einem Strandkorb eine Höhle machen wollen, und da stellen sich viel wichtigere Fragen.
Zum Beispiel müssen sie erst mal einen Strandkorb finden, in dem niemand sitzt. Der Zwillingsjunge denkt erst, er hat einen, aber als sie hineinklettern wollen, stoßen sie gegen etwas Weiches. Wenn man genau hinschaut, und das tun Nelli und die Zwillinge jetzt, sitzt in dem blau-weiß gestreiften Strandkorb ein Mensch in einem blau-weiß gestreiften Schwimmanzug, mit einer blau-weiß gestreiften Badekappe und blau-weiß gestreiften Gummistiefeln. Der blau-weiß gestreifte Mensch schläft.
»Zum Glück!«, flüstert das Zwillingsmädchen.
»So ein Streifenmensch ist mir noch nie begegnet«, sagt Nelli, und die Zwillinge sagen, dass sie jemanden, der so über und über gestreift ist, auch noch nie gesehen haben.
»Bis auf das Zebra!«, sagt der Zwillingsjunge, aber Nelli und das Zwillingsmädchen sind sich einig, dass das nicht zählt. Weil Zebras nicht in Strandkörben sitzen. Und weil sie außerdem ja gar keine Menschen sind, sondern eben Zebras.
»Entschuldigung«, sagt hinter ihnen eine Stimme, gerade als sie anfangen wollen, sich wegen des Zebras zu streiten.

Die drei drehen sich um. Vor ihnen steht der Streifenmensch. Er sieht müde aus und freundlich.
»Ich glaube, ihr wolltet gerade eine Höhle aus meinem Strandkorb bauen«, sagt der Streifenmensch.
»Nein!«, sagen die Zwillinge im Chor.
»Doch!«, sagt Nelli, ungefähr eine Sekunde später.
»Also, wenn ihr mögt«, sagt der Streifenmensch, »ich wollte ohnehin gerade ins Wasser zurück, ich habe mich genug ausgeruht.«
Nelli bedankt sich, die Zwillinge starren den Streifenmensch an, der jetzt aus seinen Gummistiefeln hinaus- und in Schwimmflossen hineinschlüpft. Die Schwimmflossen sind blau-weiß gestreift, ist ja klar.
»Baut eine schöne Höhle«, sagt der Streifenmensch. »Und vergesst die Dachluke nicht!«
Dann stapft er durch den feinen Sand zum Meer. Er nimmt eine elegante Bogenhaltung ein, er springt kopfüber ins Wasser. »Autsch!«, sagt der Zwillingsjunge.
»Jetzt hat er sich bestimmt den Kopf gestoßen!«, sagt das Zwillingsmädchen.
»Glaube ich nicht«, sagt Nelli. Und tatsächlich taucht der Streifenmensch in diesem Moment prustend wieder auf, winkt den dreien fröhlich zu und schwimmt dann los. Er schwimmt in Richtung Horizont. Dahin, wo Himmel und Meer sich treffen und Menschen nie ankommen.
»Woher wusstest du das?«, fragt der Zwillingsjunge. »Dass er sich nicht stößt?«
Nelli zuckt die Schultern. Sie hat keine Lust zu erklären,

dass sie schon sehr viel gesehen hat. Eigentlich alles hat sie gesehen auf ihren Reisen mit Ava. Echte Zebras und Häuser aus Eis und Menschen, die in riesigen Türmen wohnen, und Menschen, die vor allem Angst haben, und welche, die sich vor nichts fürchten. Nelli hat schon Bären gesehen und Kaulquappen und Heißluftballons und mindestens einundzwanzig Zirkuszelte. Und sie ist Menschen begegnet, die etwas verdammt gerne wollten, die etwas so sehr wollten, dass ihnen der Wunsch aus dem Bauch oder Kopf herausflog und sichtbar und wahr wurde.

Nelli hat gleich gesehen, dass der Streifenmensch jemand war, der weit schwimmen wollte. Und jemand, der wirklich weit schwimmen will, der stößt sich nicht gleich beim Losschwimmen den Kopf. Aber wie soll sie den Zwillingen das erklären?

»Er wollte sich nicht den Kopf stoßen«, sagt Nelli. »Er wollte schwimmen.«

Die Zwillinge nicken. Sie haben verstanden.

Eine Weile sehen sie dem Streifenmenschen zu, so lange, bis er weit weg ist, bis er nur noch ein Punkt ist.

»Können wir jetzt die Höhle bauen?«, fragt das Zwillingsmädchen. »Mir wird nämlich wieder ein bisschen langweilig.«

Also bauen sie eine Höhle aus dem blau-weißen Strandkorb. Eine Höhle mit Fenstern und Tür und Geheimfach und Tisch und Fernrohr und mit Dachluke.

Gerade als sie ausprobieren wollen, ob man mit dem Fernrohr durch die Dachluke bis zum Papa der Zwillinge gucken kann, taucht Ava auf.

»Nelli, Schatz, komm bitte.«
Nelli seufzt nicht, Nelli sagt nicht, dass sie noch weiterspielen möchte, mindestens bis zum Abend. Sie weiß, dass das nichts bringt. Wenn Ava loswill, dann hält sie nichts.
»Tut mir leid«, sagt Nelli. »Es war sehr schön, mit euch schiffbrüchig zu sein und die Sandburg zu bauen und die Höhle.«
Die Zwillinge sind traurig.
»Aber morgen spielen wir weiter, ja?«, fragt der Zwillingsjunge. Nelli schüttelt den Kopf.
»Wir fahren jetzt, Mama und Jupiter und ich.«
Die Zwillinge wollen unbedingt wissen, wohin.
Nelli sagt, was sie immer sagt, wenn sie nach dem Wohin gefragt wird: »Überallhin.«
Die Zwillinge möchten wissen, wo das ist. Nelli weiß es nicht.
»Auf jeden Fall nirgendwo, wo wir schon waren.«
Die Zwillinge wollen Nellis Adresse. Sie möchten Nelli eine Postkarte schicken, oder besser noch einen Brief, einen Brief mit einem Foto von der fertigen Höhle, mit einem Foto aus der Dachluke heraus. Aber Nelli hat keine Adresse.
»Macht es gut!«, sagt sie.
Nelli klettert aus der Höhle, sie geht den Strand hinunter, sie sieht sich noch einmal um, aber die Zwillinge sind schon wieder im Strandkorb verschwunden.
Dafür sieht Nelli den Streifenmenschen. Er ist am Horizont angekommen, er winkt ihr zu, er ruft etwas. Der Streifenmensch am Horizont ruft: »Gute Reise!« Und dann ruft er: »Keine Angst!«
Nelli versteht nicht, warum er das mit der Angst ruft. Sie weiß

ja noch nicht, dass das der Tag ist, an dem das große Abenteuer beginnt.
Nelli hat fast nie Angst, trotzdem sagt sie: »Danke schön!«
Der Streifenmann ruft: »Gern geschehen!«, und dann schwimmt er weiter, noch tiefer in den Horizont hinein. Der Horizont ist übrigens eigentlich eine himmelblaue Höhle im Zwischenwo, aber das ist eine andere Geschichte.
Nelli geht zum Bus, wo Ava und Jupiter schon im Fahrerhäuschen auf sie warten. Sie klettert auf ihren riesigen Beifahrersitz, Jupiter springt auf ihren Schoß.
»Ich hab eine Idee«, sagt Ava. »Ich hab eine Idee, wo Eric sein könnte.«
Also fahren sie weiter, wie schon so oft, wie immer schon, solange Nelli sich erinnern kann.

VIERTES KAPITEL

Die wilde Fahrt

Nelli reist gerne, so ist das nicht. Sie ist sehr neugierig, und wenn man sehr neugierig ist, dann passt es gut, ständig woanders zu sein. Nelli freut sich über Palmen und Tannenbäume und Pyramiden und Baumhäuser. Über Affen und Wale, und sogar über Schlangen kann Nelli sich freuen.

Aber manchmal, zum Beispiel heute, nervt Nelli das mit dem ständigen Reisen. Nelli wird wütend.

»Wir waren noch nicht fertig mit der Höhle im Strandkorb«, sagt sie.

Sie verschränkt die Arme vor der Brust, kneift die Lippen fest zusammen, zieht die Schultern hoch bis zu den Ohren, stemmt die Füße gegen das Armaturenbrett. Jetzt hört Ava nicht nur, wie wütend Nelli auf sie ist. Jetzt sieht sie es auch.

Natürlich mag Ava es nicht, wenn Nelli wütend auf sie ist. Ava hat es am liebsten, wenn alle sich verstehen, sie drei, Jupiter, Ava und Nelli.

Ava strubbelt Nelli mit der Hand durchs Haar, Nelli schiebt die Hand weg. So leicht ist das nicht. Sie ist *wirklich* wütend, nicht nur gespielt. Ava muss sich etwas Besseres überlegen als das mit dem Strubbeln.

»Ich weiß noch nicht mal ihre Namen«, murmelt Nelli.

»Welche Namen?«, fragt Ava zerstreut.
Jetzt ist Nelli noch wütender. Sie trommelt mit den Füßen gegen das Armaturenbrett. Das verteilt die Wut im Körper, dann sitzt sie nicht mehr nur im Bauch.
»Mensch, Mama! Die von den Zwillingen natürlich!«
Ava schlägt sich gegen die Stirn.
»Wo bin ich nur mit meinen Gedanken?«
Nelli weiß, wo Ava mit ihren Gedanken ist. Irgendwo auf dem Meer, bei Eric. Aber Nelli will jetzt nicht über Eric reden, sondern über ihre Wut.
»Immer hast du es so eilig!«
Ava streichelt Nelli über den Arm. Wenn man wütend ist und gestreichelt wird, dann fühlt sich das an wie kleine Nadeln, die in die Haut piksen. Nelli zieht den Arm weg. Jupiter verkriecht sich unter dem Sitz. Er mag auch keinen Streit.
»Nelli, ich bin mir sicher, dass wir Eric heute finden!«
Nelli zieht die Augenbrauen hoch. Das kennt sie schon, das sagt Ava immer. Aber sie waren schon an so vielen Meeren und Ozeanen, sie sind Flüssen gefolgt und haben auf Seen geblickt. Nirgendwo war Eric.
Ava versucht mit einer Hand die zerfledderte Landkarte auszubreiten.
»Da, an der Bucht, da könnte er sein«, ruft sie und fuchtelt mit der Karte herum.
»Mama, pass auf!«, ruft Nelli.
Das war knapp. Fast wäre der Bus von der Straße abgekommen. Nelli beschließt, dass es keinen Sinn macht, wütend auf Ava zu sein. Jedenfalls nicht wegen der Sache mit Eric. Aber

ein bisschen schmollen will Nelli trotzdem noch. Damit Ava weiß, dass es ihr ernst ist.
Schweigend und schmollend sieht Nelli aus dem Fenster. Die Landschaft fliegt vorbei, der Deich, Schafe, dann Bäume, Hügel, ein Dorf, eine Stadt, Menschen auf Fahrrädern und in Autos. Menschen, die in den Urlaub fahren. Kinder, die ihre Omas besuchen und ihre Opas. Familien, die Ausflüge machen. Nelli winkt einem Jungen zu, der aus dem Fenster eines roten Autos starrt. Der Junge starrt weiter. Nelli klopft an die Scheibe. Der Junge starrt immer noch.
»Ganz schön unheimlich«, flüstert Nelli.
»Was hast du gesagt?«, fragt Ava.
Nelli kneift die Lippen wieder fest zusammen und schüttelt den Kopf. Weil man nicht sprechen darf, wenn man schmollt.
»Mmh«, macht Ava.
»Mmh«, macht Nelli, weil »Mmh« kein richtiges Wort ist.
»Chrrrr«, macht es unter Nellis Sitz.
Das ist Jupiter. Jupiter schnarcht beim Schlafen. Nelli muss grinsen und hofft, dass Ava es nicht gesehen hat. Sie konzentriert sich wieder auf die Sachen vor dem Fenster.
Draußen ist nun ein Wald aufgetaucht. Hinter einem Baum sieht Nelli ein Einhorn. Obwohl das sehr außergewöhnlich ist, verrät sie es Ava nicht. Es wird immer schwieriger, nicht zu sprechen. Vor allem, als Nelli auch noch eine Giraffe entdeckt. Mitten im Wald, eine Giraffe! Unruhig rutscht Nelli auf ihrem Sitz herum.
»Sag mal ›Pfannkuchen‹«, sagt Ava.
»Pfannkuchen«, sagt Nelli grimmig.

»Sag mal ›Erdbeereis‹«, sagt Ava.
»Erdbeereis«, sagt Nelli mürrisch. Sie ist stolz darauf, wie schrecklich böse sie »Erdbeereis« sagen kann.
Ava überlegt. »Sag mal ›Konfettiregen‹!«
Das ist nicht schwer.
»Konfettiregen«, sagt Nelli. Der Konfettiregen klingt wie ein Hagelsturm mit eingefrorener Nase.
Ava seufzt: »Du machst es mir nicht leicht.«
Nelli schüttelt den Kopf.
»Na gut«, sagt Ava. »Das ist dann wahrscheinlich meine letzte Chance.«
Nelli nickt. Ava holt tief Luft und richtet sich sehr gerade auf in ihrem Fahrersitz.
»Also dann. Sag mal …« Sie macht eine lange und kunstvolle Pause. »Sag mal ›Plüschpüschel‹!«
»Plüsch…«, sagt Nelli. Weiter kommt sie nicht, weil sie jetzt loslachen muss.
Ava lacht auch. Ava kichert ganz hoch, Nelli kichert ganz tief. Wenn sie zusammen kichern, klingt das wie ein Lied. Ein sehr schräges. Das mit den Plüschpüscheln ist gemein. Das klappt immer.
»Ich bin mir so sicher, dass wir Eric finden in dieser Bucht«, sagt Ava. »Wir müssen nur gut aufpa…«
Etwas fliegt vor dem Bus vorbei. Viel zu nah.
Nelli sieht einen Mann auf einem …
Da tritt Ava fest auf die Bremse und reißt das Lenkrad herum. Nelli krallt sich mit einer Hand an den Sitz, mit der anderen hält sie Jupiter fest. Der Bus ist vom Weg abgekommen, rast

einen Abhang hinab, über eine holprige Wiese. Ava und Nelli hopsen auf ihren Sitzen auf und ab. Ava versucht, den Bus zum Stehen zu bringen.

»Ich kkkann nnnnicht annnhhhhallllten«, stottert Ava.

Nelli sieht, dass Erics Gitarre sich unter der Bremse verkeilt hat. Sie will sich abschnallen und die Gitarre wegziehen, aber Ava drückt sie mit einer Hand zurück in ihren Sitz.

»Ddddas iiiist zu gggefffährlich!«, ruft sie. »Irgggendddwann wwwerden wwir schschschon wwwieder annnnhhhhhalten.«

Das *Irgendwann* dauert sehr lange. Sie holpern und hoppeln und hopsen auf ihren Sitzen, und Nelli wird schwindelig. Nur Jupiter stört das alles nicht, er schläft und schnarcht, als würde er in seiner Hängematte liegen.

Sie sind schon eine ganze Weile gehoppelt, als sich das Licht im Bus verändert. Es wird dämmrig, milchig, trüb.

»Wwwie in ddder Wwwaschmmmaschschine«, stottert Ava.

Dann macht es einen dumpfen Knall, und der Bus bleibt stehen. »Nelli? Alles in Ordnung mit dir, Nelli?«

Ava ist ganz aufgeregt, und Nelli beeilt sich zu nicken. Sie hat sich nur sehr erschreckt. Ava nimmt Nelli in ihre Arme, drückt sie fest an sich. Ava zittert.

»Es tut mir leid, Nelli-Propelli. Es tut mir sehr leid, dass ich nicht richtig aufgepasst habe.«

Nelli will sagen, dass es nicht Avas Schuld war. Dass da vorhin etwas war, das den Bus vom Kurs abgebracht hat.

Aber Nelli sagt nur: »Ist schon o.k., Mama. Alles o.k.«

Damit Ava nicht mehr so schrecklich aufgeregt ist, damit sie aufhört zu zittern.

Irgendwann lässt Ava Nelli los, und die beiden untersuchen Jupiter. Dem geht es auch gut. Er schläft und schnarcht, als ob nichts gewesen wäre. Darüber müssen Ava und Nelli lachen. Sehr laut und sehr lange. Weil sie so erleichtert sind, dass sie das heil überstanden haben. Diese wilde Fahrt.

Nelli sieht zum Fenster hinaus. Da draußen ist nichts. Die Wiese ist weg, der Himmel, die Hügel. Die Welt ist milchig geworden, neblig, grauweiß. Es gibt nichts mehr, keine Autos, keine Familien auf dem Weg in die Ferien, keine Einhörner. Keinen Mann auf einem fliegenden Fahrrad.

»Wo sind wir hier nur gelandet?«, fragt Ava. Sie sieht auf den Kompass und auf die große Karte. Aber die Kompassnadel dreht sich wie wild im Kreis, und die Karte hat ein großes Loch, genau an der Stelle, wo sie sein müssten.

Nelli und Ava starren durch das Loch. Durch das Loch sieht man den Stoff von Avas Hose.

»Tja«, sagt Ava.

»Tja«, sagt Nelli.

»Wie sollen wir ohne Kompass und Karte herausfinden, wo wir sind?«, fragt Ava.

»Wir müssen jemanden fragen«, sagt Nelli.

Gemeinsam sehen sie hinaus in den dicken Nebel. Nelli fragt sich, ob in dieser milchigen Suppe überhaupt jemand wohnt, den sie fragen können. Aber davon sagt sie Ava lieber nichts. Stattdessen sagt Nelli: »Wir sollten rausgehen und forschen.«

Ava nickt, und dann bereiten sie sich vor auf diesen seltsam nebligen Ort, mitten im Loch der Landkarte.

ZWEITER TEIL:

NEBELORT

Manche sagten, dass der seltsame Ort verschwinden würde. Aber es war ganz anders: Der seltsame Ort blieb, er wurde sogar immer größer. Wir waren es, die verschwanden.

(Henri)

FÜNFTES KAPITEL

Die Forscher

Bevor Ava und Nelli forschen können, müssen sie ihre Forscherausrüstung anziehen. Das ist sehr wichtig. Die Forscherausrüstung dient zur Tarnung, als Schutz, und außerdem sieht sie toll aus. Nelli hat die Ausrüstung selbst entwickelt. Zuerst ziehen Ava und Nelli einen Overall an. Das ist so etwas wie ein Ganzkörper-Schlafanzug. Nur, dass er nicht zum Schlafen ist, sondern zum Forschen. Und er ist nicht aus Stoff, sondern aus orangenem Plastik. An die Füße ziehen sie die Gummistiefel. Nellis sind rot mit blauen Punkten, Avas blau mit roten Punkten. Dann kommen die Jacken. Die hat Nelli in einer matschigen Papiertüte vor einem großen Container gefunden. Die Jacken waren grau. Aber Grau ging natürlich nicht. Eine Forscherausrüstung muss bunt sein, weil Forscher schließlich etwas Besonderes sind.

Also hat Nelli Ava genau beschrieben, welche Farbe die Jacken haben müssen. Ava hat Nellis Jacke knallgelb gefärbt und ihre eigene Jacke grasgrün. Jetzt sehen die Jacken sehr gut aus, findet Nelli. Leider ist Nellis Jacke schon ein bisschen klein geworden. Oder Nelli ein bisschen groß. Aber so schlimm ist das nicht. Über die Jacken kommen nämlich noch durchsichtige Regenumhänge. Über die Hände ziehen sie dicke pinke Handschuhe, und auf den Kopf kommen Mützen. Bei den Mützen ist es umgekehrt: Nellis Mütze ist grasgrün und Avas knallgelb.

Das Tollste sind die Lampen. Nach denen musste Nelli lange suchen. Schließlich hat sie die Lampen in einem Fahrradladen gefunden. Der Verkäufer hat gesagt, dass die Lampen sehr teuer sind. Nelli war ziemlich verzweifelt. Sehr teuer ist sehr schlecht. Aber dann kam Weihnachten, und die Lampen lagen unter dem geschmückten Gummibaum neben dem großen Sofa. Das war das allerbeste Geschenk überhaupt.

Jetzt befestigt Nelli Avas Lampe mit dem Gummiband am Kopf. »Achtung, Test«, sagt Nelli.

»O.k.«, sagt Ava.

Nelli schaltet die Lampe an. Sie leuchtet hervorragend.

»Die werden wir auf jeden Fall brauchen, im Nebel«, sagt Ava.

Nelli nickt. Sie ist jetzt richtig begeistert von dem dichten Nebel. Meistens forschen Ava und sie an sonnigen Orten, da braucht man die Lampen genau genommen eigentlich nicht.

Nach dem Lampentest kommt noch die blinkende Krokodilsonnenbrille. Die hat Nelli von einem netten Ladenbesitzer geschenkt bekommen. »Nächstes Jahr will kein Mensch mehr Krokodilbrillen, nächstes Jahr wird es Elefanten geben, oder Elche«, hatte er gesagt und Nelli zwei Sonnenbrillen in die Hand gedrückt. Nelli war ganz schwindelig vor Glück. Und Ava auch. Sie war richtig fassungslos, als Nelli ihr die Brillen gezeigt hat. Und ihr fehlten die Worte, mitten im Satz waren die weg.

Ava hat gestammelt: »Das sind ja …«
»Forschersonnenbrillen mit echten Krokodilen aus Plastik!«, hat Nelli gerufen. Ava hat genickt und nichts mehr gesagt. Leider hat Ava ihre Brille ein paar Tage später verloren. Nelli hat überall gesucht. Die Brille war weg.
»Dann muss ich wohl ohne Brille forschen«, hat Ava traurig gesagt.
Da wusste sie noch nicht, was die Krokodilsonnenbrillen Tolles können: Wenn man einen kleinen Knopf an der Seite des Bügels drückt, blinken rund um die Krokodilplastikgläser winzige bunte Lichter. Wunderwunderwunderschön.
Jetzt sind sie fertig angezogen. Nelli blinkt, und Ava schwitzt in der dicken Ausrüstung.
»Hoffentlich ist es nicht so heiß an diesem seltsamen Ort«, sagt sie.
Nelli, Ava und Jupiter stellen sich vor der geschlossenen Bustür auf. Jupiter hat keine Forscherausrüstung. Einmal hat Nelli versucht, ihm eine anzuziehen, aber er fand das blöd.
»Ein Schwein wie Jupiter kann auch ohne Forscherausrüstung auskommen«, hat Nelli deshalb entschieden, und Jupiter hat zustimmend gegrunzt.
Nelli legt die Hand auf die Türklinke. Ihr Herz schlägt schnell. Das ist immer so, kurz vor dem Forschen. Alles könnte da draußen sein, Feuer speiende Bären, karierte Bäume, kopfstehende Menschen.
Ava legt Nelli die Hand auf die Schulter.
»Du bist die mutigste Nelli der Welt.«
Nelli grinst. Das ist ihr Ritual.

»Du bist die beste Ava des Universums!«
Ava drückt Nelli fest an sich, die Forscherausrüstung knistert, Jupiter grunzt. Nelli fällt etwas ein. Etwas, was bisher nicht zum Ritual gehörte.
»Du bist die beste Ava des Universums. Und die beste Ava des Dadrumherums!«
Ava lacht. »Was ist das denn, das Dadrumherum?«
Nelli überlegt, dann sagt sie: »Das muss doch irgendwo drin sein, das Universum, oder nicht?«
Ava nickt. »Ich glaube, du hast recht, Nelli.«
Nelli drückt gerade langsam die Türklinke herunter. Da donnert es laut gegen die Fensterscheibe des Busses. Nelli zuckt zusammen, lässt die Klinke los. Erschrocken sieht sie Ava an. Ava legt den Finger an die Lippen.
Vorsichtig schleichen die beiden zum Fenster. Nelli späht hinaus. Draußen im Nebel erkennt sie ängstliche Augen, eine blaue Mütze, einen zusammengekniffenen Mund.
»Das ist der Mann«, flüstert Nelli.
»Welcher Mann?«, flüstert Ava zurück.
»Der Mann auf dem Fahrrad, der fliegende Mann.«
Ava zieht Nelli zu sich hinunter, sie hocken unter dem Fenster. Ava sieht ziemlich ängstlich aus.
»Ein fliegender Mann?«
Nelli nickt. Sie ist sich jetzt ziemlich sicher, dass der Mann vorhin geflogen ist, auf seinem Fahrrad.
»Er hat den Bus von der Straße abgebracht«, flüstert Nelli.
Ava runzelt die Stirn. Sie sieht aus, als würde sie sich nicht erinnern wollen.

»Ich weiß nicht, Nelli … Ein fliegender Mann? Ich glaube nicht, dass es das gibt.«
Nelli zeigt zum Fenster hinauf. »Da draußen steht er doch!«
Es klopft wieder. Zaghafter dieses Mal, ganz vorsichtig.
Ava steht entschlossen auf. »Ich rede mit ihm!«
»Gute Idee!«, sagt Nelli. »Ich muss wissen, wie er das macht mit dem Fliegen.« Sie will zur Tür, aber Ava hält sie fest.
»Nein, Nelli. Das mache ich. Alleine.«
Nelli versteht nicht. »Alleine? Ohne mich?«
Ava nickt. »Ich weiß nicht, ob er gefährlich ist, dieser fliegende Mann.«
»Eben!«, ruft Nelli. »Deswegen komme ich ja mit!«
Ava hockt sich vor Nelli, sie sieht sehr ernst aus.
»Ich bin deine Mama, Nelli, und ich passe auf dich auf, nicht umgekehrt. Und manchmal muss ich etwas bestimmen, weil ich das Gefühl habe, dass es besser ist.«
Nelli denkt nach. Dann nickt sie.
»Aber ich beobachte dich vom Fenster aus!«
»Das ist eine gute Idee!«, sagt Ava.
Dann holt sie tief Luft und öffnet die Tür. Nelli sieht zu, wie Ava in den Nebel tritt, wie der Nebel sie umschließt, als hätte er Arme. Im Nebel wird Ava fast unsichtbar.
Zwischen Nellis Herz und Bauch sticht es. Das ist kein schönes Gefühl.
»Mama wird nichts passieren«, sagt Nelli zu Jupiter. »Hab keine Angst!«
Sie nimmt ihn auf den Arm und läuft schnell zum Fenster, sie will Ava auf keinen Fall aus den Augen verlieren.

SECHSTES KAPITEL

Der Fliegende

Einen Moment lang denkt Nelli, der Nebel hätte Ava aufgefressen. Sie will gerade zur Tür laufen, hinausrennen und sie retten, als sie etwas entdeckt. Da ist erst ein schwaches Licht, dann Gelb. Der Nebel macht Avas froschgrüne Jacke blassgrün, aber immerhin hat er sie wieder ausgespuckt.

»Gut, dass Mama die Forscherausrüstung hat«, sagt Nelli erleichtert.

Jupiter stellt sich neben sie auf die Hinterpfoten, und gemeinsam beobachten sie, was draußen passiert.

Ava geht auf einen dunklen Schatten zu, das muss der Mann sein, der auf seinem Fahrrad fliegen kann. Nelli sieht, wie Avas pinke Handschuhe vorsichtig auf die Schulter des Mannes tippen. Er zuckt zusammen, fährt herum.

»Er hat auch Angst«, flüstert Nelli.

Der Mann weicht ein paar Schritte zurück. Ava muss gruselig aussehen, im Nebel, in ihrer Forscherausrüstung. Sie hebt beschwichtigend die Arme, sie nimmt die Lampe vom Kopf, die Mütze. Wahrscheinlich lächelt sie den Mann an, denkt Nelli. Damit er keine Angst mehr hat. Tatsächlich bleibt der Mann jetzt stehen. Er trägt eine blaue Uniform, Nelli findet, dass er aussieht wie, wie ein …

»Ein Briefträger!«, ruft Nelli.
Der Briefträger tritt näher an Ava heran. Er betrachtet sie genau. Je länger Nelli in den Nebel sieht, desto besser kann sie alles erkennen. Sie sieht, dass Ava tatsächlich lächelt, dass der Briefträger seine Mütze abnimmt, dass Avas Lächeln plötzlich verschwindet.
»Seltsam«, sagt Nelli.

Der Briefträger spricht. Ava schüttelt den Kopf. Sie schüttelt den Kopf so wie damals, als sie schreckliche Kopfschmerzen hatte und Nelli angeboten hat, den Bus zu fahren.
»Was hat er zu Ava gesagt?«, fragt Nelli, aber Jupiter hat auch keine Ahnung. »Lippenlesen«, sagt Nelli. »Ich sollte unbedingt Lippenlesen lernen!«
Jupiter grunzt.
»Und Tiersprache«, sagt Nelli.
Dann konzentriert sie sich wieder auf das, was draußen geschieht. Es ist wichtig, dass sie Ava im Blick behält.
Nelli sieht, dass Ava den Kopf immer wieder schüttelt, dass sie anfängt, sich am Ohr zu ziehen. Das macht Ava nur, wenn sie richtig verzweifelt oder richtig aufgeregt ist. Oder beides. Ava zieht dann an ihrem rechten Ohr, Nelli tritt von einem Bein auf das andere. Sie könnte hinauslaufen. Aber Ava hat es verboten, und Ava verbietet selten etwas, und wenn, dann muss Nelli das ernst nehmen.
Der Mann redet auf Ava ein, er wedelt mit den Armen. Ava zerrt so heftig an ihrem Ohr, dass Nelli Angst hat, sie könnte es abreißen. Nelli ist erleichtert, als sie sieht, dass Ava ihr Ohr

loslässt, noch einmal den Kopf schüttelt und sich umdreht. Der Mann sagt noch etwas, aber Ava antwortet nicht. Eilig geht sie auf den Bus zu.
Nelli starrt hinaus zum Briefträger. Sie will auch mit ihm reden, will wissen, warum er so verzweifelt aussieht, verzweifelt und traurig. Der Briefträger sieht durch den Nebel, er sieht Nelli direkt an. Nelli winkt ihm vorsichtig zu. Auf dem Gesicht des Briefträgers breitet sich ein Lächeln aus. Seine Augen schauen verblüfft, so, als hätte sein Gesicht noch nie ein Lächeln erlebt. Ein, zwei, zweieinhalb Augenblicke lang lächelt der Briefträger, dann schmilzt das Lächeln. Wirklich: Es sieht aus, wie wenn ein Schneemann in sich zusammenfällt! Das Lächeln rutscht dem Briefträger aus den Mundwinkeln, gleitet sein Kinn entlang und tropft hinab in den Nebel. Der Nebel verschluckt das Lächeln. Der Mund des Briefträgers ist jetzt nur ein schmaler Strich unter einem Paar besorgter Augen.
Nelli winkt dem Briefträger noch einmal zu. Aber er schaut durch sie hindurch. Er sieht sie gar nicht mehr, er lauscht in den dichten Nebel hinein. Nelli legt ihr Ohr an die Fensterscheibe. Ganz schwach hört sie die Schläge einer Uhr. Dunkel schleicht sich das Geräusch durch den Nebel. Als Nelli wieder aus dem Fenster sieht, ist der Briefträger verschwunden.
»Nelli!« Ava schlägt die Tür hinter sich zu, lehnt sich erschöpft an das Holz, rutscht bis zum Boden hinab.
Schon wieder muss Nelli an den geschmolzenen Schneemann denken. Daran, dass der Frühling doch eigentlich eine gute Sache ist, genau wie ein neuer Ort. Aber der Frühling

macht Schneemänner zu Wasser, und dieser neue Ort raubt Ava all ihre Kraft.

Etwas stimmt ganz und gar nicht.

»Was hat der Briefträger gesagt, Mama? Warum ist er vor unseren Bus geflogen? War das ein Unfall? Wo ist er jetzt? Warum ist er nicht mitgekommen? Er könnte Spaghetti mit uns essen! Wieso …«

Nelli hat noch tausend Fragen, aber Ava unterbricht sie: »Nicht jetzt, Nelli. Bitte nicht jetzt.«

Ava steht mühsam auf, schlurft zur Tür, schließt sie zweimal ab. Sie schiebt den dicken Riegel davor. Der Riegel quietscht, den Riegel haben sie noch nie benutzt.

»Ist es hier gefährlich?«, fragt Nelli.

Ava zieht die Schultern hoch. »Das weiß ich noch nicht genau.«

»Aber sonst würdest du den Riegel doch nicht benutzen«, sagt Nelli.

»Vorsichtshalber. Nur vorsichtshalber, mein Schatz.«

Nelli merkt, dass Ava sie beruhigen will.

Damit es ihrer Mama ein bisschen besser geht, tut Nelli so, als wäre sie beruhigt.

»Na ja, so ein Briefträger wird schon nicht so furchtbar gefährlich sein.«

Ava schüttelt den Kopf. »Nein, so ein Briefträger ist wirklich ganz und gar nicht gefährlich. Aber …« Ava verstummt. Nelli sieht sofort zum Fenster, aber da ist nichts und niemand. Nur Nebel.

»Was, aber?«, fragt Nelli.

»Nichts«, sagt Ava, doch es klingt nicht sehr überzeugend.
»Soll ich uns einen Kakao kochen?«, fragt Nelli. Kakao gibt es immer, wenn es ein größeres Problem gibt. Kakao gibt es an schlechten Tagen und immer am Morgen, nach einem Albtraum. Kakao gibt es, wenn Kuscheln allein nicht mehr hilft.
»Keine Zeit«, sagt Ava. »Kommt mit!«
Sie geht eilig in die Fahrerkabine, und Nelli und Jupiter folgen ihr. Nelli wundert sich. Es ist das erste Mal, dass es ein Problem gibt und Ava keinen Kakao will.
»Anschnallen, bitte!«, sagt Ava. Sie blinzelt wie wild. Als würde sie direkt in gleißendes Sonnenlicht schauen. Aber hier scheint keine Sonne, das Licht ist so fahl wie Avas Gesicht.
Nelli schnallt sich an, Ava dreht den Zündschlüssel. Der Bus macht ein blubberndes Geräusch. Dann verstummt er.
»Der Motor«, sagt Nelli.
Ava nickt. »So ein Mist!«
Mama flucht sonst nicht.
»Das kann man bestimmt reparieren«, sagt Nelli.
»Nicht bei dem dichten Nebel«, sagt Ava. Sie klingt sehr, sehr müde. »Heute Abend kommen wir hier nicht mehr weg.«
Nelli beobachtet, wie Ava wieder hinüber in den Wohnraum schlurft. Mitten im Zimmer bleibt sie stehen und starrt an die Wand. Nelli würde es nicht wundern, wenn die Wand sich unter Avas Blick öffnete, wie bei dem Räuber im Orient. Aber die Wand bewegt sich nicht, die Wand bleibt, wie sie ist.
»Mama?«, fragt Nelli, aber Ava antwortet nicht.
Nelli weiß nicht, was sie tun soll. So ist Ava sonst nicht. Ava

ist meistens fröhlich. Nelli sieht sich Hilfe suchend um. Sie will, dass Mama wieder so ist wie immer.
»Das Bild ist runtergefallen«, sagt Ava matt. Sie zieht den Rahmen mit dem Bild von Eric aus der Sofaritze. »Zum Glück ist es nicht kaputtgegangen«, sagt Ava und streicht sanft über das Glas.
Nelli lässt sich mit Jupiter neben ihr auf das weiche Polster fallen und kuschelt sich an. Das ist der beste Platz der Welt. Gemeinsam sehen sie auf das Bild, den kleinen Eric mit dem gestreiften T-Shirt. Nelli betrachtet seinen Mund genau. Sie findet, dass die Mundwinkel ein bisschen nach unten zeigen, dass der Papier-Papa nicht mehr so breit grinst wie sonst. Davon sagt sie Ava nichts. Jetzt ist es wichtig, dass Mama sich wieder beruhigt.
Vorsichtig hängt Nelli das Bild zurück an die Wand.
»Ich koche dir einen Ringelblumentee«, sagt sie und steht auf.
»Pass bitte am Herd auf«, sagt Ava leise.
»Ich kann doch Tee kochen, Mama!«, sagt Nelli empört.
Warum ist Ava plötzlich so besorgt?
Etwas scheint anders zu sein, seit der Briefträger sie vom Weg abgebracht hat, seit sie an diesem merkwürdigen Ort gelandet sind.
Irgendwie muss Nelli dafür sorgen, dass alles wieder normal wird. Ganz vorsichtig stellt sie den heißen Tee vor Ava auf den Tisch.
»Danke, mein Schatz«, murmelt Ava.
Sie sieht Nelli nicht an, sie sieht hinüber zur Spüle. Dahin, wo der blaue Schrank hängt. Das ist der Schrank, in dem Ava

ein Geheimnis aufbewahrt. Ohne Stuhl kommt Nelli nicht dran.
Natürlich öffnet sie den Schrank nicht, wenn sie auf dem Stuhl mit der wackligen Lehne steht. Aber weil Geheimnisse sich aufregend anfühlen, streicht Nelli manchmal heimlich über die Schranktür. Dann kribbelt es in ihren Fingerspitzen, und es knistert in ihrem Kopf. Dann entstehen dort Ideen.
Nelli überlegt, ob sie fragen soll, was in dem Schrank ist. Vielleicht sagt Ava es ihr heute, jetzt, wo sich etwas geändert hat. Aber dann entscheidet Nelli sich um. Wahrscheinlich ist heute nicht der richtige Tag, um mit Ava über den blauen Schrank zu sprechen. Wahrscheinlich ist heute ein Tag, an dem Nelli Ava ein bisschen Zeit für sich lassen sollte. So wie die Zwillinge am Strand das mit ihrer Mama gemacht haben. Vielleicht brauchen Mamas das ab und zu, kann ja sein.
»Ich gehe mit Jupiter üben«, sagt Nelli möglichst fröhlich.
Ava nickt abwesend. Jupiter springt vom Sofa und zerrt seine Pilotenmütze aus der kleinen Kiste unter dem Tisch hervor.
Wenn er sich freut, wedelt er mit seinem Stummelschwanz. Das hat er von einem netten Hund gelernt, irgendwo, irgendwann, als noch alles normal war.

Während Nelli hinter Jupiter her die Wendeltreppe auf das Busdach hochklettert, fällt ihr Blick auf die Uhr über der Tür. Die Uhr geht immer falsch, aber Nelli sieht auch nicht nach der Uhrzeit. Sie muss sich nur überlegen, wie viel Zeit Ava für sich haben soll. Zu viel Zeit ist sicher auch nicht gut, wenn man so traurig aussieht wie Nellis Mama in diesem Moment.

»Eine halbe Stunde«, sagt Nelli. »Mama, hast du gehört? Eine halbe Stunde, und dann bin ich wieder da.«

Einen Moment wartet sie auf Avas Antwort, aber die kommt nicht. Nur ein leises: »Sei vorsichtig, Schatz.«

SIEBTES KAPITEL

Vom Fliegenwollen

Von hier oben aus gesehen ist der Ort genauso nebelig wie von unten. Wie sehr alte Zuckerwatte klebt er am Boden, türmt er sich bis hoch in die Luft. Eine grauweiße Wattekuppel breitet sich über den Ort, der Himmel ist verschwunden und kein Stern in Sicht. Nelli kneift die Augen zusammen: Sind das Häuser, die sie dort unten erkennt? Oder Elefanten?
»Wenn es Häuser sind«, sagt Nelli zu Jupiter, »dann sind es jedenfalls ziemlich dicke Häuser.«
Jupiter grunzt. Jupiter ist meistens derselben Meinung wie Nelli. Jetzt wird er ungeduldig. Er will fliegen üben. Nelli steckt ihn in das selbst gebaute Fluggeschirr, sie befestigt das Seil an einem Haken, sie zieht ihn vorsichtig den Fahnenmast hinauf. Das mit dem Fahnenmast hat Nelli aus einem Buch. Sie fand, dass es eine sehr gute Idee ist. Wie sonst bringt man ein Schwein zum Fliegen?
Jupiter und Nelli trainieren jeden Tag, seit sie sich kennen. Kennengelernt haben Nelli und Jupiter sich auf einem Markt. Da hat Jupiter seinen Onkel besucht. Jupiters Onkel war ein sehr großer Schinken. Als Nelli das Ferkel vor dem Metzgerstand gesehen hat, ist sie ganz schnell zu ihm gelaufen. Sie musste schneller sein als die Metzgerfrau mit den rot

glänzenden Wangen, die Jupiter im selben Moment entdeckt hat. Nelli war schneller. Sie hat sich Jupiter geschnappt und ist mit ihm weggelaufen. Jupiter hat ängstlich gequiekt, und Nelli hat im Laufen versucht, ihn zu beruhigen.

»Ich rette dich nur, Schweinchen. Ich will dir helfen.«

Nelli hat es geschafft, die Metzgerfrau abzuhängen. Das war nicht so schwierig, weil die Metzgerfrau sehr langsam war und Nelli sehr schnell. Mit dem Schweinchen ist Nelli in den Bus gesprungen und hat die Tür hinter sich zugeschlagen.

Ava hat sofort verstanden, dass es eilig war. Sie hat den Motor gestartet und ist mit Nelli und dem Schwein losgebraust.

Nelli hat Jupiter an sich gedrückt und ihm versprochen, dass sie auf ihn aufpasst. Dass aus ihm kein Schinken wird, wenn er groß ist.

»Was willst du stattdessen werden?«, hat Nelli gefragt.

Jupiter hat einen Moment überlegt, hat aus dem Fenster gesehen, wahrscheinlich zum Himmel, und im Himmel waren Vögel, wie immer, und da hat Jupiter zweimal gegrunzt.

»Aha«, hat Nelli gesagt, »du willst also Pilot werden!«

Jupiter hat wieder gegrunzt.

»Ich möchte Seefrau werden«, hat Nelli gesagt. »Aber erst mal helfe ich dir beim Pilotwerden.«

Von da an waren sie Freunde. Seit dem Tag üben sie fliegen. Mittlerweile will Nelli lieber Rennfahrerin werden als Seefrau, aber Jupiter träumt immer noch vom Fliegen. Sie machen Fortschritte, Jupiter ist nicht mehr so ängstlich, wenn er oben am Fahnenmast hängt.

»Auf die Pfotenhaltung achten!«, ruft Nelli.

Der Nebel ist sehr dicht, Nelli sieht Jupiter kaum. Aber die Pfotenhaltung war immer Jupiters Problem, es kann nicht schaden, wenn Nelli ihn darauf hinweist.
Während Jupiter oben seine Runden dreht, spitzt Nelli die Ohren. Sie bildet sich ein, ein leises Ticken zu hören. Na klar, die Uhr von vorhin. Die geschlagen hat, bevor der Briefträger verschwunden ist. Aber wo ist diese Uhr?
Nelli sieht in die Luft. Und dann entdeckt Nelli sie. Es ist die größte Uhr, die sie jemals in ihrem Leben gesehen hat. Riesenhaft türmt sie sich vor ihr auf. Das Zifferblatt befindet sich weit über Jupiters Flugmast. So hoch oben, dass Nelli den Kopf in den Nacken legen muss, bis es nicht mehr geht. Die Zeiger der Uhr blitzen golden im Nebel, die Ziffern stehen gerade, wie Pfeiler an einem Zaun.
»Wahnsinn«, flüstert Nelli. »Wahnsinn, so eine Uhr!«
»Wahnsinn«, flüstert eine Stimme von irgendwo, irgendwo tief aus dem Nebel.
Nelli fährt herum. Hinter ihr ist niemand, nur die Palmen, die Blumenkästen, der Sonnenschirm, die Hollywoodschaukel. Da ist nur Avas Dachgarten auf dem Bus, weiß und weich im Nebel.
»Jupiter?«, fragt Nelli vorsichtig.
Jupiter grunzt.
»Ich dachte eben, du hättest was gesagt!«
Nelli muss lachen. Sie weiß doch, dass Jupiter ihre Sprache nicht spricht. Aber irgendwer war da, irgendwer oder irgendwas. Vielleicht ein Gespenst? Nelli kann sich gut vorstellen, dass es hier Gespenster gibt. Dieser Nebelort ist genau der

richtige Platz für Gespenster: Es gibt eine riesige Uhr für die Geisterstunde, einen fliegenden Briefträger, eine merkwürdig ängstliche Ava. Und eine piksige Gänsehaut in Nellis Nacken. Vorsichtig schleicht sie sich zur Reling des Busses und versucht, im Nebel etwas zu erkennen.

»Hallo?«, flüstert Nelli. »Ist da jemand?«

Sie horcht. Und tatsächlich, da flüstert jemand zurück.

»Ich bin da«, sagt eine Stimme, so dünn wie ein ängstliches Nackenhaar. »Entschuldigung.«

Nelli hört sogar auch ein Schlucken, ein Schlucken, wie wenn man versucht, nicht zu weinen. Nelli hat Mitleid mit dem Gespenst.

»Ist doch nicht schlimm«, flüstert sie zurück. »Ich hab mich nur kurz erschreckt.«

»Oje«, sagt die Stimme. »Das tut mir sehr, sehr leid.«

Nelli findet, dass das ein sehr seltsames Gespenst ist. Erschrecken gehört bei Gespenstern doch dazu, oder etwa nicht?

»Wo bist du denn?«, fragt sie.

Nelli ist jetzt ziemlich neugierig auf das Gespenst.

»Hier«, flüstert das Gespenst.

Nelli strengt sich an, und dann sieht sie es. Es ist ein sehr kleines, schmales Gespenst. Ein Gespenst im Schlafanzug.

Ein Kindergespenst, denkt Nelli.

»Hallo«, ruft sie dem kleinen Gespenst zu.

»Hallo«, sagt das Gespenst sehr schüchtern.

»Henriiiiii!«, flüstert eine Stimme aus dem Nebel. Es ist ein Flüstern wie ein spitzer Schrei, der Flüsterschrei schießt durch den Nebel, direkt in das Ohr des Gespenstes.

Das Gespenst springt vor Schreck in die Luft. Jetzt kann Nelli sein Gesicht sehen, und jetzt sieht sie, dass es kein kleines Gespenst ist, was da unten murmelt: »Oh Fliegendreck, oh Riesenschreck«, und: »Oh Grützschleimschmier, oh Gürteltier.« Da unten ist ein Kind. Ein echtes Kind. Ein Junge in Nellis Alter.

»Oh du matschiger Grützschleim«, flüstert der Junge noch ein letztes Mal, und dann dreht er sich um und stolpert weg.

»Halt!«, ruft Nelli. »Ich muss dich ganz viel fragen!«

Sie sieht, wie der Junge stehen bleibt, stellt sich vor, dass er zögert, dass er überlegt, was er nun tun soll. Aber dann ist da schon der nächste spitze Flüsterschreipfeil, der dem Jungen ins Ohr schießt: »Henri, komm sofort ins Haus!«

Im Nebel öffnet sich eine Tür, fällt ein gelbes Lichtquadrat ins wolkige Weiß, rennt der Junge weiter, schließt sich die Tür hinter ihm. Dann legt sich der Nebel wieder wie eine viel zu dicke Decke über den Platz.

»Henri«, flüstert Nelli.

Und noch einmal: »Henri.«

Es ist gut, dass es hier einen Henri gibt, ein anderes Kind. So schlimm kann dieser Ort nicht sein, wenn es Kinder gibt. Selbst wenn die aussehen wie Gespenster.

Aber warum war Henri so ängstlich, und warum hat ihn die Flüsterschreistimme zurück ins Haus gerufen? Nelli spürt, wie die Gänsehaut hinter ihr über den Boden kriecht, an den Beinen hinauf und sich ihr um den Hals legt wie ein kratziger, viel zu enger Schal, der nicht wärmt. Vielleicht sollte sie nicht länger auf dem Dach bleiben. Vielleicht ist da etwas im

Nebel, etwas, dem man lieber nicht begegnet. Nelli sieht zu Jupiter hinauf, der fröhlich seine Übungsrunden dreht.
»Wir müssen Schluss machen für heute«, sagt Nelli.
Sie sagt das viel zu leise, Jupiter hat es ganz sicher nicht gehört. Aber mit einem Mal fürchtet Nelli sich davor, laut zu sprechen. In diesem Ort, in dem sogar geflüstert wird, wenn jemand schreit.
»Nebel ist nur dicke Luft«, flüstert Nelli, um sich zu beruhigen. Aber richtig überzeugt ist sie nicht.
Hastig kurbelt sie Jupiter vom Mast herunter, löst das Fluggeschirr.
»Wir müssen rein.«
Jupiter gähnt und grunzt, und Nelli findet, dass selbst sein Grunzen nicht so kräftig klingt wie sonst.

ACHTES KAPITEL

Seltsames

Es ist eine von den Nächten, in denen man nichts träumt. Oder: Es ist einer von den Morgen, an denen man sich an nichts, was man geträumt hat, erinnern kann. Oder: Der Morgen selbst ist so besonders, dass Nelli alles vergisst, was in der Nacht war.

Zuerst einmal ist das ein Morgen, an dem sie von Hähnen geweckt wird. Nelli ist schon oft von Hähnen geweckt worden. Sie ist auch schon von Weckern geweckt worden, von Glocken, von Katzen, einmal von einem fluchenden Floh und ganz oft: von Ava. Aber diese Hähne sind anders. Es sind viele, und sie sind lauter und schriller als alle Hähne, denen Nelli jemals begegnet ist.

Das Krähen ist so schrill, dass Nelli vor Schreck einen Salto macht. Einen Salto hat sie noch nie gemacht. Das Krähen ist so laut, dass Jupiter aufwacht. Und Jupiter wacht nie auf, wenn ihn jemand wecken will.

Jupiter und Nelli sehen sich an, dann springen sie zum Fenster. Das Fenster in Nellis Zimmer ist rund. Wie das Bullauge eines Schiffes.

»Wie die Bullaugen von Erics Boot«, sagt Ava immer, wenn sie durch das Fenster blickt.

Jetzt sehen Nelli und Jupiter hinaus. Sie sehen nebliges Morgenlicht. Sie sehen kleine, fahle Häuser, deren Dächer sich vor dem Nebel wegducken und sich ängstlich aneinanderdrängen. Sie sehen viele stille Kinder, und eines dieser stillen Kinder ist Henri. Seine Augenbrauen sind besorgt nach oben geklappt, und sein Mund sieht aus, als würde nicht einmal ein Kaugummiriegel zwischen die Lippen passen.

Keines der Kinder wirkt so, als hätte es schon jemals in seinem Leben ein Kaugummi gekaut und eine Riesenblase gemacht und sie im Gesicht zerplatzen lassen. Vielleicht kaut man hier Seetang, vielleicht trinkt man Lebertran durch ganz schmale braune Strohhalme, die ständig verstopfen. Und wenn man Lebertran trinkt, dann ganz sicher, ohne dabei zu schlürfen.
Die Menschen beginnen, eine Art Tanz aufzuführen. Sie gehen alle gleichzeitig in die Hocke, sie heben abwechselnd das linke und das rechte Bein, sie drehen die Arme im Kreis, langsam, wie alte Windmühlen.
»Seltsam«, sagt Nelli. Sie versucht, ob sie das auch hinbekommt, diesen Tanz. Bekommt sie hin, es ist gar nicht so schwierig, aber ziemlich anstrengend.
Jupiter tanzt nicht, Jupiter entdeckt jetzt die schrillen Hähne. Er grunzt laut, damit auch Nelli sie bemerkt. Die Hähne stolzieren auf den Dächern entlang. Sie schreien, wenn jemand

aus dem Rhythmus gerät. Sie sehen nicht aus und sie benehmen sich auch nicht wie die Hähne, die Nelli auf ihren Reisen kennengelernt hat. Diese Hähne haben kleine Hütchen auf dem Kopf, einer trägt sogar eine winzige Krone. Ihre Federn liegen glatt am Körper, als wären sie dort festgeklemmt und dann poliert worden. Sogar die Hähne haben Lebertran-Schnäbel, und beim Schreien sehen sie aus, als hätten sie Halsschmerzen. Am seltsamsten ist, dass sie sich genau im Takt der Uhr bewegen.
»Seltsame Hähne!«, sagt Nelli zu Jupiter, weil das jetzt mal gesagt werden muss. Auch gesagt werden muss, dass es jetzt Zeit zum Forschen ist. Allerhöchste Zeit. Nelli springt vom Bett, zieht sich die Forscherausrüstung an, die noch auf dem kleinen roten Stuhl liegt, und rennt zur Tür.
Eigentlich kommt Jupiter immer mit, wenn Nelli etwas vorhat. Außer er schläft. Aber heute ist so ein Morgen, an dem alles anders ist. Und obwohl Jupiter wach ist, folgt er Nelli nicht. Er starrt weiter aus dem Fenster, er sieht die Hähne an, er lächelt ein ganz kleines bisschen. Nelli geht ohne Jupiter los, er wird schon nachkommen, das macht er immer. Auch wenn heute so ein Morgen ist, so ein Morgen, an dem alles anders ist als sonst. Und an dem Nelli ein komisches Gefühl hat, ganz tief drin, in der allertiefsten Höhle mitten im Bauch.

Es ist auch so ein Morgen, an dem Ava nicht in der Küche steht, an dem sie keine Pfannkuchen backt. Heute klemmt Ava vorne im Fahrerhäuschen, irgendwo zwischen Bremse und Gaspedal.

Nelli ruft: »Guten Morgen, Mama!«, wie immer.
Es ist so ein Morgen, an dem man nichts tun sollte, wie man es sonst tut. Zum Beispiel, weil Ava jetzt hochschreckt und sich den Kopf stößt. Weil sie flucht und einen Moment lang ganz unzufrieden aussieht. Einen Moment danach ist sie dann wieder wie immer. Und noch einen Moment später rutscht ihr das Lächeln schon wieder aus dem Gesicht. Als Nelli nämlich sagt, dass sie jetzt forschen will.
»Das geht nicht!«, sagt Ava.
»Warum?«, fragt Nelli.
»Darum«, sagt Ava.
»Das ist kein Argument«, sagt Nelli, weil *Argument* ein sehr erwachsenes Wort ist und weil es außerdem noch außerordentlich gut passt.
»Da hast du recht«, sagt Ava. »Aber das ist mir egal. Du gehst jedenfalls nicht raus. Basta!«
»Wa…«, sagt Nelli, weiter kommt sie nicht.
Warum?, wollte sie eigentlich noch einmal fragen, aber vorher ruft Ava: »Nein, nein, nein!« Sie klingt ein bisschen wie die seltsamen Hähne. »Du frühstückst, ich repariere, und dann fahren wir los!«
Das sieht Nelli nicht ein. Was ist, wenn Eric irgendwo in diesem Ort ist? Wenn es hier einen Strand gibt? Wenn er hier heimisch geworden ist und einen schmalen Strichmund bekommen hat? Wenn er nicht mehr den ganzen Tag über singt, sondern so still ist wie alle Menschen hier? Nelli hat das Gefühl, dass das hier ein Ort sein könnte, aus dem man jemanden befreien sollte. Und deshalb ist es unbedingt not-

wendig, sich alles und alle hier genau anzusehen. Vorher darf man nicht fahren. Das ist eine der Regeln der Suche. Der Suche, die Ava doch so wichtig ist.
Nelli guckt nach, ob noch was zu machen ist. Aber da ist nichts mehr zu machen. Weil Ava die Hände in die Seiten gestemmt hat, und wenn Ava das macht, bleibt sie bei dem, wofür sie die Hände stemmt.
»Du bist voll komisch!«, ruft Nelli. Dann dreht sie sich um, und zwar in einer sehr eleganten Pirouette, und dann greift sie sich schnell das Eric-Bild vom Tisch und stürmt in ihr Zimmer und schlägt die Tür hinter sich zu. Damit Ava weiß, dass das so nicht geht. Dass man so einen Unsinn nicht einfach bestimmen kann. Und schon gar nicht ganz ohne gute Argumente. Und schon gar nicht an solch einem seltsamen Morgen.

Nelli muss forschen. Egal was Ava sagt, egal wie aufgeregt Jupiter grunzt. Was man wissen muss: Jupiter ist ein sehr braves Schwein. Wenn Nelli oder Ava etwas verbieten, dann tut er es nicht. Nelli ist nicht immer so brav. Vor allem nicht, wenn sie weiß, dass etwas sein muss. So wie jetzt. Nelli klettert aus dem Bullauge ihres Zimmers. Sie hat ein bisschen Angst, als sie die Füße rausstreckt. Irgendwas stimmt nicht mit diesem Ort, das ist ganz klar. Aber was?
Nelli streckt die Arme aus, und sogar Jupiter traut sich, den Bus zu verlassen. Er würde lieber zu Hause bleiben, aber Nelli und er sind ein Team, und wenn man ein Team ist, dann bleibt man nicht einfach zu Hause, wenn der andere geht.

Es sei denn, der andere hat eine ganz blöde Idee. Heute ist Jupiter sich nicht sicher, ob Nellis Idee gut oder blöd ist. Aber er springt aus dem Bullauge, und Nelli fängt ihn auf, hält ihn fest im Arm und flüstert in eins seiner Schlappohren: »Keine Angst, alles wird gut.«

Dann läuft sie los, auf den Ort zu.

Im Laufen sieht Nelli sich noch einmal zum Bus um. Zu dem offenen Fenster, in dem die bunten Gardinen flattern. Zu ihrem Zuhause, dessen Motor wahrscheinlich kaputt ist. Der Bus schwebt im Nebel wie ein winziges Schloss auf einer Wolke. Es sieht schön aus, findet Nelli. Und kein bisschen gefährlich.

Aber da ist noch etwas. Da ist der riesige Uhrenturm, da ist das Kreischen der Hähne, die sich unsichtbar im Nebel bewegen, da ist irgendetwas, was Nelli beobachtet.

Sie muss sich beeilen mit dem Forschen, und sie muss zurück sein, bevor Ava ihr Fehlen bemerkt und beginnt, sich Sorgen zu machen. Nelli weiß, dass sie nicht viel Zeit hat, und während sie mit Jupiter im Arm in den Ort läuft, begleitet das Ticken der riesigen Uhr jeden ihrer Schritte. Wobei das Ticken genau genommen gar kein Ticken ist.

TOCK macht es, TOCK-TECK, TOCK-TECK, TOCK-TECK.

Nelli rennt schneller, immer schneller. Aber es gelingt ihr nicht, das Tocken loszuwerden, sosehr sie sich auch bemüht, so schnell Nelli auch rennt.

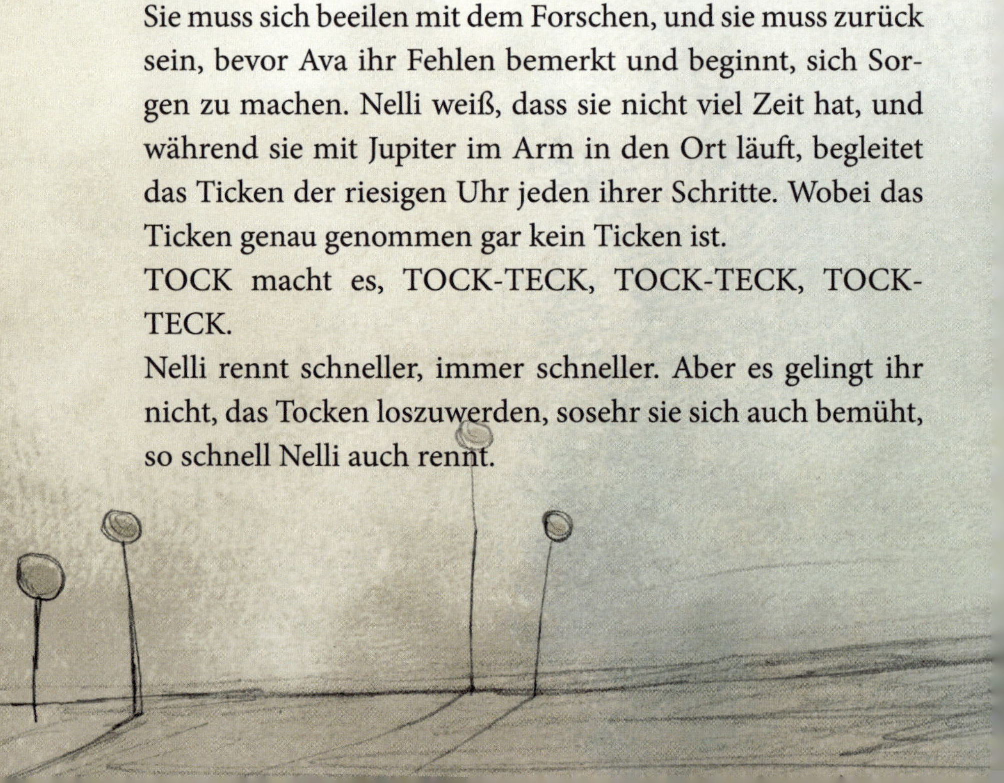

NEUNTES KAPITEL

Vom Forschen und Verschwinden

Nelli sieht sich um. Von Nahem betrachtet ist der Ort noch seltsamer als aus der Ferne. Die Häuser haben erschöpfte Augenringe unter den Fenstern, die Türen gähnen Nelli entgegen. Die Blumen stehen auf ihren dürren Stängeln wie Lollis. Farblose Lollis, die man manchmal hinter dem Sofa findet oder auf dem Grund der Strandtasche vom letzten Sommer. Mickrige Bäumchen lassen ihre Äste hängen, einzelne Blätter schweben träge zu Boden, als wäre es Herbst. Der Ort steht still und schweigt, als würde er schlafen.
Dabei ist es doch mitten am Tag.
Und erst jetzt fällt Nelli auf, dass sie allein ist. Wohin sind all die Menschen verschwunden, die eben noch den merkwürdigen Tanz aufgeführt haben?

Warum hört Nelli nichts und niemanden? Nelli steht so still wie nur möglich. Sie hofft, dass jemand sich verrät. Durch ein Kichern vielleicht oder ein Niesen. Sie steht so lange, wie sich fünf Minuten anfühlen. Dann niest tatsächlich jemand. Jupiter sieht Nelli entschuldigend an. Wenn er besonders aufgeregt ist, muss er manchmal niesen, dagegen kann er nichts machen.
Als Jupiter genug geniest hat, horchen die beiden weiter. Nichts. Oder doch? Nelli spitzt die Ohren. (Das tut sie wirklich, sie hat das geübt, jahrelang, genau für solche Fälle, bei denen man mehr muss als nur hinhören.) Da ist etwas. Ein ganz leises Flüstern. Es kommt von einem winzigen Wiesenstück. Das Wiesenstück ist hellblassgrün und so klitzeklein, dass nur ein einziges Schild draufpasst. Ein Schild, das sehr groß ist im Vergleich zu der Wiese.
Nelli schleicht sich an. Sie fürchtet, dass das Schild flüstert. Wenn das stimmt, wenn die hier ein flüsterndes Riesenschild einfach so auf eine Wiese stellen, dann war's das. Dann rennt Nelli ganz schnell zum Bus zurück und sagt Ava, dass sie losfahren soll. Notfalls schieben sie den Bus. Ein flüsterndes Schild, das geht eindeutig zu weit!
Auf dem Schild steht: *Hocken verboten.*
Nelli lauscht. Vielleicht flüstert das Schild: »So ein Quatsch!« Damit hätte es recht. Denn: Warum soll man nicht hocken? Was ist an Hocken bitte so schlimm?
Aber das Schild flüstert nichts von Quatsch, das Schild flüstert: »Es freut mich so sehr, euch zu sehen!«
Nelli flüstert: »Mich freut es auch!«

Und dann schreckt sie zurück. Hinter dem Schild springt plötzlich das Gespenst hervor, das Kind, der Junge, Henri!
»Du bist der Junge aus der Nacht!«, ruft Nelli.
Henri legt erschrocken den Finger an die Lippen. Dann greift er Nelli und zieht sie zu sich, hinter das Schild. Henri ist erstaunlich stark, und ungefähr zwei Augenblinzler später hockt Nelli mit ihm auf der Wiese. Henri sieht Nelli ängstlich an.
»Ich darf das nicht«, flüstert er.
Seine Stimme klingt wie das Rascheln der Blätter im Herbst, ganz kurz bevor sie vom Baum fallen müssen.
»Was darfst du nicht?«, fragt Nelli.
»Hier hocken«, sagt Henri. »Mit ihnen sprechen«, flüstert er.
»Du musst mich nicht siezen«, sagt Nelli. »Ich bin erst neun.«
Henri sieht Nelli mit großen Augen an. Nelli schaut mit großen Augen zurück. Hier liegt ein Missverständnis vor.
»Ich muss mich jetzt verabschieden«, sagt Henri und sieht dabei auf den Boden.
»Warum?«, fragt Nelli.
»Moment«, sagt Henri. »Es dauert nicht lange.«
Nelli sagt Henri, dass sie ihn nicht versteht, und Henri sagt, dass das vielen so geht. Weil er nämlich *anders* ist.
»Anders als was?«, fragt Nelli.
»Anders als alle und fast alles«, sagt Henri.
»Super«, sagt Nelli, und: »Das klingt gut.«
Henri grinst.
Nelli beobachtet, wie er auf den Boden starrt, und weil er sehr lange starrt, starrt Nelli irgendwann mit. Auf dem Boden wuseln Ameisen.

»Ein Ameisenhaufen«, sagt Nelli.
»Eine Versammlung«, sagt Henri. »Sie haben mir Unglaubliches erzählt!«
Nelli nickt, jetzt versteht sie: Henri hat die ganze Zeit mit den Ameisen geredet! Er ist wirklich anders. Sie weiß sofort, dass es gut ist, dass sie ausgerechnet Henri hinter dem Schild gefunden hat. Weil man mit Henri ganz sicher Spannendes erleben kann. Weil Henri bestimmt auch schon mal ausprobiert hat, was passiert, wenn man einen Frosch küsst oder einen Igel zu Keksen und Apfelschorle einlädt. Weil Henri gerade etwas tut, was Nelli noch nie probiert hat.
»Die Ameisen erzählen dir was?«
»Ja, klar. Wir reden oft miteinander. Sie erzählen mir von *draußen.*«
Henri haucht *draußen* wie ein wundervolles Mysterium, wie ein weltweit entferntes Land.
Nelli will fragen, was Henri mit *draußen* meint. Warum er es wie ein Zauberwort ausspricht. Wieso er so guckt, als wäre das mit *draußen* die tollste Sache der ganzen Welt.
»Du lügst!«, ruft eine krächzige Stimme. »Niemand kann mit Tieren sprechen, schon gar nicht mit Ameisen, die haben nämlich überhaupt keine Ohren, und außerdem wäre es, selbst wenn man es könnte, sowieso ganz und gar verboten!«
Nelli sieht sich um. Neben dem Schild steht ein Mädchen mit der größten Brille der Welt. Die Brille ist so groß, dass sie das halbe Gesicht verdeckt. Die Augen hinter den Gläsern sind riesig, knallgrün und blitzen wütend.
»Laura«, sagt Henri schlapp.

»Hallo«, sagt Nelli.
»Und wer bitte ist das?«, fragt Laura. Sie zeigt auf Nelli.
»Ich weiß nicht«, sagt Henri. »Ein Mädchen.«
Nelli steht auf und streckt Laura die Hand hin.
»Ich bin Nelli«, sagt sie.
Laura sieht Nellis Hand an, dann Nellis Arm, Nellis Schulter, Nellis Hals, Nellis Gesicht.
»Du solltest dich von ihr fernhalten, Henri. Sie sieht aus wie jemand, der ganz und gar verboten gehört.«
Jetzt wird Nelli wütend. »Wieso gehöre ich verboten?!«
Laura sieht Nelli an, als täte sie ihr leid.
»Diese Haare«, sagt Laura. »Allein diese Haare!«
Nelli greift in ihre Haare. Na klar, das sind Pusteblumenhaare, aber was ist daran so verkehrt?
»Dafür kleben deine Haare am Kopf!«, ruft Nelli. »Das sieht auch nicht so toll aus!«
Laura schmiert die Haare extra fest an den Kopf. »Nicht toll, aber streng nach Regel.« Sie klopft auf etwas, das an ihrem Rücken hängt.
»Lass sie, Laura«, sagt Henri leise.
»Mach ich auch, ganz von selbst. Ich habe ja schließlich überhaupt keine Lust, zu verschwinden, und außerdem muss ich zur Schule, und du übrigens auch«, sagt Laura. Sie rollt mit den Augen, dreht sich um und geht.
Jetzt sieht Nelli, dass Laura ein riesiges Buch auf dem Rücken trägt. Das Buch ist so groß und dick und schwer, dass Laura ganz schief geht, nach hinten gebeugt wie ein Baum, an dem ein schwerer Sturm gezerrt hat.

Laura dreht sich noch einmal zu Henri um. »Pass auf, dass du nicht verschwindest, Henri«, krächzt sie, dann wandert sie davon.
»Was sollte das denn bitte?«, fragt Nelli.
Henri sieht betreten auf die Ameisen, die sich mit einem Blatt abmühen. Er sagt nichts.
»Was soll das mit dem Verschwinden?«
Als Henri antwortet, ist seine Stimme noch leiser als zuvor. Nelli muss ihre Ohren nicht nur spitzen, sondern auch noch ausfahren, um ihn zu verstehen.
»Das mit dem Verschwinden ist eine ganz schlimme Sache.«
»Versteh ich nicht«, sagt Nelli.
»Ich auch nicht«, sagt Henri. »Aber so ist es. Man verschwindet. Ganz einfach und einfach so.«
Nelli will, dass Henri ihr das erklärt. Was hier los ist, warum Laura so gemein ist, was es mit dem Verschwinden auf sich hat. Aber Henri schüttelt den Kopf. Er sieht Nelli entschuldigend an und läuft hinter Laura her.
»Warte!«, ruft Nelli, aber Henri wartet nicht auf sie, und als Nelli ihm folgen will, stolpert sie über Jupiter.
»Wo warst du denn die ganze Zeit?«, fragt Nelli.
Jupiter grunzt eine Antwort, die sie leider nicht versteht. Sie sieht nur, dass Jupiter aufgeregt ist, dass sie ihm folgen soll. Nelli lässt sich von ihm führen, an den müden Häusern vorbei, den fast blattlosen Bäumen, den Kindern, die jetzt mit gesenkten Köpfen aus den Eingängen treten und den Weg entlangschlurfen.
Niemand sieht Nelli an, und keiner spricht, und Jupiter lässt

Nelli keine Zeit für Fragen. Sie gehen in Richtung des Uhrenturmes, in Richtung des Busses.

»Irgendwas stimmt hier ganz und gar nicht«, sagt Nelli zu Jupiter, als sie den Uhrenplatz erreichen. »Wir müssen unbedingt weiterforschen! Dieser Nebel zum Beispiel ...«
Nelli verstummt und zeigt auf eine riesige Nebelwolke, die sich auf dem Uhrenplatz gebildet hat. Genau da, wo der Bus steht.
»Arme Mama«, sagt Nelli. »Wie soll sie denn so den Bus reparieren?«
Jupiter grunzt ängstlich. Nelli nimmt ihn auf den Arm.
»Keine Angst, Jupiter. Die sind hier nur ein bisschen seltsam. Die haben Angst zu verschwinden, aber das ist ja vollkommen unmöglich. Man verschwindet schließlich nicht einf...«
Nelli verstummt mitten im Satz. Der Nebel beginnt, sich zu bewegen, er wabert und wuchtet sich davon. Er sieht aus wie ein gigantischer Wackelpudding. Ein grauer, ein sehr unleckerer Wackelpudding. Er wackelt auf den Uhrenturm zu, und da, wo vorhin der Bus stand, ist ...
Nichts.

ZEHNTES KAPITEL

Nebelwelt

Nelli war noch nie alleine, Ava und sie noch niemals getrennt. Für ein, zwei Stunden vielleicht, für einen Nachmittag. Aber Nelli wusste immer, wo Ava, und Ava, wo Nelli war. Jetzt fürchtet Nelli, dass Ava allein weggefahren ist. Dass sie den Bus repariert hat. Dass sie gedacht hat, Nelli wäre in ihrem Zimmer. Weil Ava ja nichts davon weiß, dass Nelli heimlich forschen gegangen ist. Nelli sitzt auf dem Boden, im Rücken ein Schild, auf dem *Anlehnen verboten* steht. Es ist ihr egal, dass sie Verbotenes tut. Nelli kann nur an Ava denken und an Jupiter, der gekrault werden will und beruhigt.

»Mama kommt gleich zurück«, sagt Nelli. Sie versucht, möglichst gelassen zu klingen. Und ganz bestimmt ist es ja wirklich so, weil Ava schnell merken wird, dass Nelli nicht in ihrem Zimmer ist. Sie wird sich erschrecken und sofort umdrehen, sie wird zurückfahren und Nelli und Jupiter abholen. Vielleicht ist Ava wütend. Aber nur kurz und nicht sehr. Vor allem wird sie erleichtert sein, dass sie Nelli wiederhat. Sie wird Kakao kochen, und sie werden auf dem Bett sitzen und darüber lachen, dass sie alle drei so einen Schreck bekommen haben. Dann wird Ava sich wieder ans Steuer setzen, Nelli wird Jupiter auf den Schoß nehmen, und sie werden zusammen wegfahren, bis an das nächste Meer. Sie werden Eric suchen. Es wird so sein, als hätte es den seltsamen Ort im Nebel nie gegeben.

»Wir müssen nur geduldig sein, Jupiter«, flüstert Nelli dem Schwein ins Ohr. »Wenn wir geduldig sind und warten, kommt Mama zurück.«

Jupiter grunzt.

Und dann fangen sie an zu warten.

Und dann warten sie noch ein bisschen mehr.

Und noch ein bisschen.

Und nur noch ein ganz kleines bisschen.

»Bald«, flüstert Nelli. »Bald.«

Der Zeiger der riesigen Uhr wandert zweimal im Kreis. Vielleicht sind zwei Stunden vergangen, vielleicht misst man die Zeit hier aber auch ganz anders. Auf dem Zifferblatt gibt es keine Zahlen.

Nelli gähnt. Warten macht müde.

Und warten macht ungeduldig.

Nelli rutscht hin und her, zappelt mit den Beinen, kratzt sich das Pusteblumenhaar. Sie will nicht mehr warten und in den Nebel starren. Sie hat jetzt genug gewartet.

»Irgendwann ist Schluss mit dem Warten«, sagt Nelli. »Wenn man so gründlich gewartet hat und immer noch nichts passiert ist, dann darf man auch mal aufhören mit dem Warten.«

Nelli setzt Jupiter ab und steht auf.

»Jetzt tun wir was, irgendwas, damit wir Ava ganz schnell zurückbekommen.« Sie klemmt sich Jupiter unter den Arm: »Wir gehen Mama entgegen!«

Das Schwein ist nicht begeistert, als Nelli auf die Nebelwand zusteuert. Nelli ist sich selbst nicht sicher, ob das eine gute Idee ist. Was, wenn sie Ava verpasst? Nelli schiebt die Angst weg, ganz weit hinter die Sehnsucht nach Ava. Sie sucht nach Reifenspuren auf dem sandigen Boden, aber da ist nichts.
»Wahrscheinlich hat der Nebel die verwischt«, sagt sie zu Jupiter.
Aber: Kann Nebel wischen?
Egal! Los jetzt!
Nelli holt tief Luft und tritt in den Nebel.
Sie weiß sofort, dass das ein Fehler war. Es fühlt sich nicht gut an, nicht *richtig* in dieser weißen Dunkelheit. Der Nebel fühlt sich nicht so an, wie Nebel sich anfühlen sollte. Normalerweise ist Nebel doch fast nicht zu spüren, oder? Aber dieser Nebel liegt schwer auf Nellis Haut. Sie muss sich anstrengen, um vorwärtszukommen. Es ist kalt hier, und Nelli hört ein Pochen. Ein Pochen, wie von einem Herz.
Kann Nebel atmen?
»Nein«, ruft Nelli. »Das können nur Lebewesen!«
Und Nebel ist kein Lebewesen. Nebel ist nur Wasser und Luft oder so. Nur müde Wolken, die traurig sind, weil sie nicht hoch genug fliegen können. Nelli fröstelt und drückt Jupiter enger an sich. Sie weiß nicht, in welche Richtung sie gehen muss. Sie hört das TOCK-TECK der Uhr nicht mehr.
»Vielleicht haben wir uns ein bisschen verlaufen«, flüstert Nelli in Jupiters Ohr. »Aber wir kommen hier wieder raus!«
Jupiter grunzt leise. Wahrscheinlich will er sagen, dass er Nelli glaubt.

»Wir sind ja immer noch zu zweit«, flüstert Nelli. »Zu zweit ist man natürlich nicht allein. Zu zweit kann einem eigentlich nichts passieren.«

Jupiter grunzt wieder. Manchmal, zum Beispiel jetzt, wünscht Nelli sich, Jupiter könnte sprechen. Oder anders: Nelli wünscht sich, sie würde verstehen, was Jupiter grunzt. Oder sie könnte grunzen, sodass Jupiter sie versteht. Dann könnten sie einander Geschichten erzählen gegen die Angst.

»Wir singen was!«, ruft Nelli. »Singen ist auch sehr gut! Pass auf, Jupiter, ich singe und du grunzt!«

Jupiter ist sofort einverstanden, und Nelli beginnt, ein Lied zu singen. Es ist nicht irgendein Lied. Es ist Avas und Erics Lied und deswegen auch Nellis Lied. Ava singt es für Nelli, seit sie auf der Welt ist.

Eric hat es zurückgelassen für uns, sagt Ava immer. *Damit wir was haben, zur Erinnerung an ihn.*

In dem Lied geht es um das Meer, um Wellen und Stürme. Es geht um Möwen, die nie weit vom Land wegfliegen, und es geht um Fische, die Sehnsucht nach den Bergen haben, es geht um einen Schwimmring mit Heimweh. Es ist ein fröhliches Lied und ein sehr trauriges Lied, und das beides gleichzeitig. Es ist natürlich Nellis Lieblingslied. Und als sie es jetzt singt und Jupiter dazu im Takt grunzt, geht es Nelli gleich viel besser.

Doch dann wird der Nebel dichter. Nelli friert. Es ist, als würde der Nebel sie festhalten. Er wickelt sich um Nellis Beine wie die nassen Handtücher, die Ava benutzt, wenn Nelli hohes Fieber hat. Nelli ruft nach Ava, aber Ava antwortet nicht.

Dann taucht das Fahrrad auf. Das fliegende Fahrrad des Briefträgers.

»Springt auf!«, ruft der Briefträger durch den Nebel. Seine Stimme klingt schwach und müde, als würde er nur hauchen, als kämen aus seinem Mund statt Wörtern nur Wolken.

Aber das ist Nelli egal. Hauptsache, sie kommt hier raus. Der Briefträger hält ihr die Hand hin, und Nelli greift danach. Sie muss zwei Mal greifen, weil sie Jupiter im Arm hat und weil sie sehr aufgeregt ist. Die Hand des Briefträgers ist warm und fest und kein bisschen nebelig. Er zieht Nelli und Jupiter auf den Gepäckträger. Nelli schlingt ihre Arme um seinen Bauch. Jupiter klemmt sie dazwischen. Er grunzt, aber nicht unzufrieden. Der Briefträger riecht nach Papier, nach ungelesenen Briefen, nach Geheimnissen.

»Was ist das für ein Nebel?«, ruft Nelli gegen den Fahrtwind an. »Was ist das für ein seltsamer Ort?«

Der Briefträger antwortet etwas, aber Nelli versteht ihn nicht. Sie fliegen schnell, sie fliegen so lange, wie sich hundert Stunden anfühlen müssen. Nelli macht sich bereit. Gleich wird sie den Bus sehen, Ava am Steuer. Ava wird sie in den Arm nehmen. Es wird gut sein.

Nelli schließt die Augen. Und macht sie gleich wieder auf. Ein Quietschen, ein Ruckeln, ein Fluchen, ein Schrei. Der Briefträger ist hinter einem großen Schild gelandet. Sie sind wieder mitten in dem seltsamen Ort. Vor ihnen steht Henri und sieht sie entsetzt an.

»Du musst sie mitnehmen, Henri!«, flüstert der Briefträger ihm zu.

Henri wird ganz blass und schüttelt den Kopf.

Und Nelli reicht es. Sie springt vom Rad, sie stemmt die Fäuste in die Hüften, so wie Ava es macht, wenn sie sehr wütend ist. Nelli sieht den Briefträger zornig an.

»Was soll das alles? Warum hast du uns nicht zu Mama gebracht?«

Der Briefträger seufzt. »Das geht nicht. Wir kommen hier nicht raus!«

Nelli sieht ihn entsetzt an. »Aber Ava ist doch auch rausgekommen!«

Der Briefträger seufzt schon wieder. »Ava ist nicht draußen, sie ist ver…«
Weiter kommt der Briefträger nicht. Da ist plötzlich eine dunkle Nebelwolke, die ihn einhüllt. Der Nebel greift auch nach Nelli und Jupiter. Nelli erschrickt: Der Nebel hat riesengroße Hände! Henri packt Nelli am Arm und zieht sie zurück. Er zieht so fest an ihr, dass sie das Gleichgewicht verlieren. Nelli landet auf Henris Beinen und Jupiter auf Nellis Bauch.
»Ein Schwein!«, ruft Henri begeistert. »Ein echtes Schwein!« Und dann sieht er zum Himmel und sagt: »Ach du käsiger Nebelknautsch!«
Nelli will sich aufrappeln, aber Henri hält sie fest.
»Nein!«, ruft er. »Das ist zu gefährlich!«
Weil Henri so aufgeregt klingt, gehorcht Nelli. Zusammen starren sie auf den Nebel. Der wirbelt und wabert um den Briefträger herum, dreht sich wie ein Wirbelsturm und erhebt sich in die Luft. Da, wo eben noch der Briefträger war, ist nun … Nichts.
Schon wieder. Dieses blöde, dieses verdammte, dieses hinterhältige, dieses Nichts.
Nelli steht vorsichtig auf. Sie sieht in die Luft. Der Nebel ist weg, der Briefträger bleibt verschwunden.
»Achtung!«, ruft Henri und reißt Nelli schon wieder zu Boden. Er legt die Arme schützend über Jupiter. »Keine Angst, kleines Schwein!«
Mit einem Krachen landet das Fahrrad genau vor den Köpfen der drei und zerbricht in tausend winzige Teile. Nelli und Henri sehen bestürzt auf die Reste des fliegenden Fahrrads.

»Danke!«, sagt Nelli, weil Henri Jupiter und ihr wahrscheinlich gerade das Leben gerettet hat.
»Jetzt ist er weg«, sagt Henri. Er klingt, als würde er gleich weinen.
»Er kann doch nicht einfach weg sein!«, ruft Nelli.
»Doch«, sagt Henri traurig. »Siehst du doch! Er ist verschwunden.« Henri rappelt sich auf. Er sieht sehr ängstlich aus. »Ich muss los, die Schäumung beginnt gleich.«
»Kann ich mitkommen?«, fragt Nelli. Sie will auf keinen Fall alleine bleiben. Nicht mit dem hungrigen Nebel. Nicht ohne Ava. Da geht sie lieber mit Henri. Auch wenn er seltsam ist. Auch wenn Nelli nicht weiß, was das sein soll, so eine *Schäumung.*
»Es tut mir sehr leid«, sagt Henri. »Aber ich kann euch nicht mitnehmen. Meine Eltern würden völlig vernebeln.«
»*Was* würden deine Eltern?«, fragt Nelli.
»Vernebeln«, sagt Henri. Als wenn das eine Erklärung wäre. »Ich muss jetzt echt los. Und du bleibst lieber hinter dem Schild, ich glaube, da bist du am sichersten.«
Henri sieht Nelli entschuldigend an, streichelt Jupiter über die Borsten, und dann geht er weg. Nach Hause, wo seine Eltern auf ihn warten, wo alles gut ist.
Nelli sieht ihm nach. Jupiter zerrt an ihrer Hose. Er will sie hinter das Schild ziehen und in Sicherheit bringen. Nelli folgt ihm mit hängendem Kopf. Tausend traurige Gedanken sind darin. Tausend Fragen. Tausendmal und noch mehr Angst. Nelli rollt sich hinter dem Schild zusammen, nimmt Jupiter in den Arm und weint.

ELFTES KAPITEL

Hinter dem Schaum

Im Traum flüstert Eric Nelli etwas ins Ohr. Immer wieder.

»Nelli. Nelli. Nelli, wach auf!«

Weil der Traum-Eric nicht aufhört zu flüstern, öffnet Nelli irgendwann die Augen.

Henri hockt neben ihr.

»Nelli?«, fragt er. »Ich hatte schon Angst, du wachst nie wieder auf.«

Nelli setzt sich hin. Zum Schlafen ist der weiche Boden äußerst bequem. Nelli streckt sich und gähnt. Ihre Augen fühlen sich müde an und irgendwie klebrig. Dann fällt ihr das mit Ava ein. Sofort sind die Tränen wieder da. Henri sieht Nelli betreten an. Er legt einen Arm um ihre Schulter.

»Das muss schlimm sein«, sagt Henri.

Nelli nickt. Es ist sehr schlimm.

»Aber jetzt wird es ein bisschen besser«, sagt Henri. »Du kommst nämlich mit zu mir!«

»Ich dachte, das geht nicht«, sagt Nelli leise.

»Nee, das geht auch nicht. Aber dass du hier so allein bist, das geht noch viel weniger. Meine Eltern sind ohnehin schon ziemlich vernebelt. Schlimmer kann es eigentlich nicht werden.«

Nelli nickt, obwohl sie nichts versteht. Es ist sehr nett von Henri, dass er sie mitnehmen will, aber ein Problem gibt es noch.
»Und Ava?«
Henri sieht Nelli fragend an.
»Was ist, wenn sie wiederkommt? Wenn sie uns nicht findet?«
Henri will etwas sagen, klappt den Mund aber wieder zu.
Jupiter grunzt.
»Jupiter sagt, dass er zurück zum Uhrenturm geht und da auf Ava wartet.« Henri sieht Jupiter anerkennend an. »Jupiter ist ein sehr mutiges Schwein.«
Nelli zögert. Na klar ist Jupiter mutig. Trotzdem will sie nicht, dass er alleine ist. Andererseits muss Ava erfahren, wo Nelli ist.
»O.k.«, sagt Nelli zu Jupiter. »Aber sei vorsichtig!«
Jupiter grunzt dreimal.
»Er wird so vorsichtig sein wie seine Tante Marianne«, übersetzt Henri.
Jupiter grunzt sechsmal.
Henri grinst. »Jupiters Tante Marianne war so vorsichtig, dass sie beim Laufen nie den Boden berührt hat. Jupiter sagt, dass sie jetzt beim Zirkus ist. Als einziges schwebendes Schwein auf der ganzen Welt.«
Nelli sieht, dass Henri bis in die Haarspitzen hinein voller Sehnsucht ist. Den Blick kennt sie von Ava, wenn sie an Eric denkt.
Nelli wusste nichts von Tante Marianne. Ganz kurz ist sie eifersüchtig, dass Henri Jupiter versteht. Aber dann denkt

sie, dass es gut ist. Weil alles hier so verdammt merkwürdig ist und weil es vielleicht ein bisschen einfacher wird, wenn Henri versteht, was Jupiter sagt.

Jupiter läuft davon, und Henri nimmt Nellis Hand.
»Wir müssen uns beeilen. Wenn der Schaum weg ist, kommen wir nicht mehr unbemerkt ins Haus!«
Nelli lässt sich von Henri auf die Beine ziehen. Es ist gut, dass er ihre Hand hält, dass er so nah bei ihr ist. Nelli fühlt sich matschig, seit Ava weg ist. Matschig und schwach und überhaupt nicht so wie sonst.
Henri zeigt auf sein Haus.
»Guck. Die Schäumung.«
»Eine Dauerwellenoma«, flüstert Nelli angetan. Und wirklich: Das Haus sieht aus wie eine winzige alte Dame unter der Trockenhaube. Solche langsam trocknenden alten Damen gibt es nur noch sehr selten, aber ab und zu entdeckt Nelli eine, meistens in kleinen Orten, hinter Scheiben mit geschwungener Schrift, beim Friseur.
Aber Henri weiß und versteht nichts von der Seltenheit der Dauerwellenomas und zieht Nelli schnell durch die Haustür, mitten hinein in den Seifenschaum.
Es ist ein bisschen so wie im Nebel, nur wärmer und weißer.
»Achtung, Stufe!«, flüstert Henri. Und: »Noch eine Stufe.« Und: »Noch eine.«
Nelli hört, wie Henri eine Tür öffnet.
»Herzlich willkommen«, sagt er und knipst das Licht an. »Das ist mein Zimmer.«

Nelli war schon in Iglus, in Baumhäusern, Stelzenhäusern und Zelten. So ein Kinderzimmer wie Henris hat sie noch nie gesehen. Das Zimmer fühlt sich irgendwie *eckig* an. Eckig und kalt.

»Das ist mein Bett«, sagt Henri stolz und zeigt auf ein Bett. Auf dem Bett liegt ein Kissen und neben dem Bett ein riesiger Turm weißer Decken. Ansonsten ist der Raum leer. Es gibt keine Bilder, kein Spielzeug, eigentlich kann Nelli sich nicht einmal vorstellen, dass es hier einen Henri gibt. Aber da ist Henri, er steht neben seinem Bett und sieht sich stolz um.

Jetzt geht die Zimmertür auf, und Henri murmelt: »Kohlrabikleister!« Er lässt die Kissenkatze los, öffnet blitzschnell eine schmale Tür und stößt Nelli hindurch.

»Was …?«, ruft Nelli.

Aber da ist die Tür schon zu, da hat die Dunkelheit sie schon gefangen.

ZWÖLFTES KAPITEL

Die Geistschülerin

Zum Glück trägt Nelli immer noch die Forscherausrüstung. Sie rückt die Fahrradlampe auf ihrem Kopf zurecht und knipst sie an. Nelli befindet sich in einem Schrank. Einem sehr großen und tiefen Schrank. Im Schein ihrer Lampe beginnt sie ihre Wanderung in seine dunkle Tiefe. Nach einer Weile stößt sie gegen etwas. Da steht eine Kiste auf dem Boden.

Eigentlich soll man nicht in fremden Sachen wühlen. Aber Henri hat sie schließlich selbst hier eingesperrt, und so fremd ist er ja auch nicht mehr. Nelli öffnet den Deckel. Sie erwartet einen Schatz oder wenigstens Süßigkeiten. Aber in der Kiste sind nur alte Sachen: ein Atlas, ein zerlesenes Buch über Vogelarten, eine Büroklammer, ein klebriger Eisstiel und eine löchrige Seekarte, die voller unleserlicher Notizen ist. Was will Henri mit dem ganzen Zeug? Warum versteckt er es im Schrank?

Nelli hält eine Eintrittskarte für den Zoo in der Hand. Sie kann sich nicht vorstellen, dass es hier einen Zoo gibt. Heißt das, dass Henri schon mal draußen war? Dass man also doch durch den Nebel hinauskommt?

Im Zimmer hört Nelli jetzt dumpfe Stimmen. Schnell legt

sie die Zookarte wieder in die Kiste, schließt den Deckel. Sie wühlt sich durch eine Menge Kleidung bis zur Tür und legt ihr Ohr daran.
Draußen raschelt und knistert es.
Nelli späht durch einen sehr schmalen Spalt im Holz.
Vor dem Bett stehen zwei Erwachsene, ein Mann und eine Frau. Und auf dem Bett liegt jetzt ein wolkenhoher, flauschiger Deckenturm. Henri ist weg.
»Schlaf bestens!«, sagt die Frau zu dem weichen Bett.
»Und träum bloß nichts!«, sagt der Mann zu dem weichen Bett.
»Wir lieben dich sehr, und wir passen immer auf dich auf!«, sagen die Frau und der Mann im Chor. Es klingt wie ein Gedicht, wie eins, das man schon hunderttausend Mal aufgesagt hat.
»Ich liebe euch auch sehr, und ich passe gut auf mich auf«, sagt Henris Stimme. Die Stimme kommt aus Richtung des Betts.
Die Frau und der Mann beugen sich vor. Nelli hört laute Schmatzgeräusche. Essen der Mann und die Frau Henri auf?
»Nein!«, ruft Nelli und springt aus dem Schrank.
Der Mann und die Frau sehen sie entsetzt an.
Hinter ihnen seufzt das Bett.
Nelli kümmert sich nicht um den Mann und die Frau. Sie rennt an ihnen vorbei, zum Bett, zum Deckenberg. Nelli will die Decken wegziehen, aber das geht nicht. Die Decken sind viel zu schwer. Mindestens dreißig Kilo müssen die wiegen. Trotzdem zieht und zerrt Nelli weiter.

»Ich rette dich!«, ruft sie.
»Bitte nicht«, flüstert Henri.
Jetzt sieht Nelli ihn. Also, sie sieht seine Nasenspitze. Die guckt zwischen dem Deckenberg und einer roten Nachtmütze hervor. Nelli beugt sich zu Henri.
»Ich soll dich nicht retten?«
Der Deckenberg schwankt ein bisschen, weil Henri den Kopf schüttelt.
»Lieber nicht«, flüstert Henri.
Nelli weiß nicht, was sie sagen soll.
»Wer bist du?«, fragt die Frau leise. Die hatte Nelli ganz vergessen in der Aufregung. Sie dreht sich um.
Von vorne betrachtet, sehen die Frau und der Mann sehr nett aus. Und harmlos. Und besorgt. Von Nahem betrachtet sehen die beiden aus wie Henri in groß.
»Das sind meine Eltern«, sagt Henri leise.
»Wer bist du?«, wiederholt Henris Papa.
»Nelli«, sagt Nelli. Sie ist sehr froh, dass ihr der Name so schnell einfällt, trotz der Aufregung.
»Nelli«, wiederholen Henris Eltern im Chor.
»Und was machst du hier?«, fragt Henris Papa.
»Nichts Schlimmes!«, ruft Henri schnell unter seinem Deckenberg hervor. »Gar nichts Schlimmes!«
»Nee«, sagt Nelli. »Nichts Schlimmes. Henri hat mich eingeladen, weil meine Mama ver…«
In diesem Moment beginnt der Deckenturm bedrohlich zu schwanken. Dann fällt er. Henris Eltern schlagen die Hände über dem Kopf zusammen und ducken sich weg.

»Sie dürfen nichts davon wissen«, flüstert Henri. Er steht jetzt neben Nelli. In einem Ganzkörperschlafanzug, wie ihn eigentlich nur Babys tragen.
Nelli versteht immer noch nicht.
»Was dürfen sie nicht wissen?«
»Dass deine Mama verschwunden ist.«
Nelli nickt. »Aber was sollen wir ihnen dann sagen?«
Henri sieht sich hektisch um. So als würde sich irgendwo im Zimmer eine Antwort verstecken. Leider versteckt sich da aber keine Antwort. Dafür ist es viel zu ordentlich.
Nelli und Henri sehen ratlos auf den Deckenhaufen. Henris Mama wühlt sich mühsam daraus hervor. Ihre Haare stehen in alle Himmelsrichtungen ab. Sie sieht ein bisschen aus wie ein Stachelschwein.
»Alles gut, Kinder?«, fragt sie besorgt.
Nelli und Henri nicken.
Henris Papa taucht jetzt auch auf. Er streicht Henris Mama die Stachelschweinborsten wieder fest an den Kopf.
»Danke, mein Liebster«, sagt Henris Mama und klatscht Henris Papa die Haare an.
»Also, du heißt Nelli, und Henri hat dich eingeladen, weil deine Mama ver…«? Henris Papa sieht Nelli ängstlich an.
Nelli antwortet automatisch: »Weil meine Mama versucht, mir ganz viel beizubringen.«
Henris Papa entspannt sich ein bisschen, aber Henri seufzt schon wieder. Vielleicht fällt er gleich in Ohnmacht.
»Meine Mama meint, dass ich hier viel lernen kann. Über Regeln und Verbote und über das Verschwinden.«

Jetzt werden Henris Eltern sehr, sehr blass. Über ihren Köpfen bilden sich winzig kleine Nebelwolken.
Henri fängt an zu stottern: »Nicht Ver... Verschwinden ... Nelli ... Sie ... sie ... sie ist ...« Er verstummt und sieht Nelli verzweifelt an.
Nelli muss irgendwas Gutes sagen, etwas Beruhigendes. Und sie hat auch schon eine Idee. Nelli flüstert sie Henri ins Ohr. Henri zögert kurz, dann ruft er aufgeregt: »Sie ist eine Geistschülerin!«
Henris Eltern weichen zurück, in Richtung der Tür. Die Wolken über ihren Köpfen werden größer, dunkler. Henris Papa streckt die Hand nach Henri aus.
»Komm zu mir, Henri. Langsam, ganz langsam. Vorsichtig, ganz vorsichtig.«
Henris Mama ringt die Hände, Henris Papa zittert. Die beiden sind so bleich, dass sie fast unsichtbar sind vor der weißen Wand. Die Nebelwolken haben sich wie Pelzmäntel um sie gelegt.
Nelli versteht, was da schiefgelaufen ist. Warum Henris Eltern so entsetzt sind.
»Nicht *Geist*schülerin – *Gast*schülerin.«
Die Nebelwolken verpuffen. Henris Eltern atmen erleichtert aus. Sie atmen so erleichtert aus, dass ein kleiner Wirbelsturm entsteht und Henri und Nelli auf den Deckenberg wirft. Sofort sind Henris Eltern da, ziehen sie wieder auf die Beine.
»Alles gut, alles gut«, murmeln sie. »Gastschülerin, Gastschülerin«, murmeln sie. »Viel besser, viel, viel besser«, murmeln sie.

Nelli will sagen, dass sie sich sehr freut, dass sie bei Henris Familie Gastschülerin sein darf. Aber dazu kommt sie nicht mehr. Bevor sie sich's versieht, liegt sie neben Henri in dem riesengroßen Bett. Und bevor sie ein Mal blinzeln kann, türmt sich über ihr ein hoher Deckenberg.

»Gute Nacht, sichere Nacht«, rufen Henris Eltern hektisch. »Bis morgen, bis morgen!«

Und dann sind sie weg.

»Willkommen bei uns!«, flüstert Henri neben Nelli.

Mühsam dreht Nelli den Kopf zur Seite.

Henri grinst. »Gastschülerin. Genial!«, sagt er. Dann schließt er die Augen.

Nelli ist es viel zu warm unter den Decken. Sie versucht, den Turm wegzuschieben, aber er ist zu schwer. Neben ihr knirscht Henri mit den Zähnen. Es klingt, als würde jemand durch hohen Schnee stapfen, quietschend und knarzend und auf der Flucht.

Nelli späht an den Decken vorbei zum Fenster.

Es gibt keinen Vorhang. Trotzdem ist kein Mond zu sehen, keine Sterne, nicht einmal eine Dunkelheit sieht sie. Vor dem Fenster herrscht tiefster Nebel.

Nelli denkt an Jupiter, der allein beim Uhrenturm kauert. Sie denkt an Ava, die irgendwo ist, aber auf jeden Fall viel zu weit weg.

»Ich mache alles wieder gut«, flüstert Nelli. »Versprochen.«

Und dann denkt sie, dass sie bestimmt nicht schlafen kann, und schläft ein.

DREIZEHNTES KAPITEL

Wie man unsichtbar wird

Die Hähne krähen, die Decken werden zur Seite gerissen. Nelli wacht auf. Erst weiß sie nicht, wo sie ist. Aber dann ist alles wieder da: der Nebel, der Deckenberg und Henris blasse Eltern. Nur Ava nicht. Ava ist immer noch weg.

»Wir müssen uns beeilen!«, ruft Henri.

»Ich muss dich ganz viel fragen!«, sagt Nelli. »Was ist das für eine Kiste im Schrank? Warum hast du eine Seekarte? Gibt es hier einen Zoo? Warst du schon mal draußen? Wie funktioniert das mit dem Verschwinden, und wie bekomme ich meine Mama zurück?«

Henri geht zum Schrank. Nelli hört ihn wühlen.

»Die Kiste im Schrank ist *geheim*. Die Sachen hat mir der Briefträger von *draußen* mitgebracht. Nee, ich war noch nie dort«, sagt Henri. »Man kann hier nicht raus.«

Nelli nickt, obwohl Henri das nicht sehen kann.

»Und das Verschwinden? Was muss ich tun?«

»Alles richtig machen«, ruft Henri. »Wer alles richtig macht, verschwindet nicht.«

Nelli überlegt. Sie hat nicht alles richtig gemacht. Sie ist einfach forschen gegangen. Obwohl Ava es verboten hat. Nelli ist also schuld daran, dass Ava weg ist.

»Wenn ich alles richtig mache, taucht Ava bestimmt wieder auf«, überlegt Nelli laut.
»Was?«, ruft Henri aus dem Schrank.
»Ich mache ab jetzt alles richtig!«, ruft Nelli zurück.
»Das ist eine gute Idee«, sagt Henri und kommt zu ihr. Er hält Nelli einen Stapel Kleidung entgegen.
Nelli zögert. In ihrer Forscherausrüstung fühlt sie sich sicher.
»Als Gastschülerin musst du dich anpassen! Und außerdem darf dich Gertrude nicht sehen …«
»Wer ist Gertrude?«, fragt Nelli.
Henri starrt sie verwundert an. So als wäre Gertrude eine Königin oder Präsidentin oder eine Schokoladensorte, die jeder kennen muss.
»Unsere Bürgermeisterin. Sie sorgt sich schrecklich, wenn etwas Unvorhergesehenes passiert. Und du bist etwas sehr Unvorhergesehenes. Deswegen müssen wir dich unsichtbar machen. Wenn du aussiehst wie wir, fällst du gar nicht auf.«
Henri legt Nelli die Kleidung vor die Füße und dreht sich demonstrativ um.
»Ich gucke auch nicht!«, sagt er.
»Ist mir doch egal, ob du guckst!«, sagt Nelli bockig. Obwohl das nicht stimmt. Schließlich ist Henri trotz allem ein *Junge*.
Nelli schlüpft aus den Forscherklamotten, verstaut sie ordentlich in ihrem Rucksack. Für den Notfall hat sie alles dabei.
Sie zieht die kratzige Strumpfhose an, den knielangen Rock, der aussieht wie ein Lampenschirm, das knisternde Hemd, die steife Weste und die hohen Schnürstiefel. Mit dem Schnüren hat sie ein bisschen Probleme. Henri zappelt durchs Zim-

mer, streicht den Deckenturm glatt, klopft das Kopfkissen zurecht.
»Bist du fertig?«, fragt er ungeduldig. »Wir dürfen nicht zu spät kommen. Das ist auffällig, das macht sonst niemand.«
Nelli wickelt die Schnürbänder einfach irgendwie um ihre Beine. So müsste es gehen. Sie springt auf. Henri mustert sie.
»Das geht so nicht«, sagt er, als er ihren Schnürbandknoten entdeckt. Während Henri kunstvoll eine Schleife bindet, beginnt draußen dröhnend die Uhr zu schlagen.
Henri rappelt sich auf. »Wir müssen los!«
Er zieht eine Dose aus seiner Westentasche, stellt sich auf die Zehenspitzen und schmiert Nelli etwas Klebriges ins Haar.
»Igitt!«, ruft Nelli. »Was soll das?«
»Wie gesagt: Wir müssen dich unsichtbar machen!«
Nelli versteht. Sie lässt alles geschehen.
»Guck!«, ruft Henri aufgeregt.
Nelli guckt in den Spiegel. Aus dem Spiegel sieht sie ein fremdes Mädchen an. Ein blasses Kind in unbequemer, irgendwie altmodischer Kleidung und mit angeklatschten Haaren. Ein Kind, das sehr traurig aus der Wäsche schaut und dem irgendetwas fehlt. Aber sosehr Nelli auch sucht, sie kommt nicht darauf, was es ist.
»Gut, sehr gut!«, sagt Henri zufrieden.
»Ja«, sagt Nelli leise. Sie ist sich aber überhaupt nicht sicher, ob sie so sein will. So wie dieses traurige Mädchen.
Henri nimmt ihre Hand und zieht sie hinter sich her zur Tür.
»Jetzt gibt es Frühstück, und dann müssen wir zur Schule und dann zum Kreislauf!«

»Aber ich muss zu Jupiter, und ich muss nach Ava suchen, und ich muss übrigens auch dringend hier weg!«, ruft Nelli. Henri zieht sie einfach weiter. »Du kannst dir nicht vorstellen, wie viel wir zu tun haben, Nelli«, sagt er, und da hat er recht, und Nelli lässt sich von ihm mitziehen.

VIERZEHNTES KAPITEL

Das Schleimigste-Schmierschleim-Etwas-der-Welt

Henri zerrt Nelli die Treppe hinab und gerät ins Stolpern, als Nelli plötzlich stehen bleibt. Henri wankt und schwankt bedrohlich. Nelli bekommt ihn gerade noch rechtzeitig zu fassen.

»Fast wären wir gefallen«, flüstert Henri. Er ist schon wieder ganz blass.

»Ist ja nichts passiert«, versucht Nelli ihn zu beruhigen. Sie zeigt auf die Wand. Da ist ein großes, knallrotes Quadrat an der ansonsten nebelweißen Wand. Es sieht aus, als hätte jemand vergessen, dort zu streichen.

»Was hing da denn?«

Henri wird gleich viel munterer. »Ein schrecklich tolles Bild!«

»Warum habt ihr es abgehängt?«

Henris Augen leuchten. »Es war verboten. Auf dem Bild waren Leute, die was wahnsinnig Gefährliches machen.«

Das klingt gut, findet Nelli.

»Was machen die denn wahnsinnig Gefährliches?«

Henri überlegt. Er kratzt sich am Kinn, er schielt an die Decke, er stampft sogar mit dem Fuß auf.

»Ich weiß es nicht mehr«, sagt er schließlich ratlos. »Wenn

ich darüber nachdenke, ist in meinem Kopf nur eine dicke Nebelwolke.«
Henri sieht Nelli hilflos an. »Das passiert manchmal, dass Sachen weg sind. Meistens sind es die spannendsten Sachen aus meinem Kopf. Die lösen sich einfach in Nebel auf.«
Das klingt nicht gut, findet Nelli. Aber das kann sie Henri nicht sagen, der ist ja ohnehin schon immer so besorgt und traurig und ängstlich.
»Wollen wir zu deinen Eltern gehen?«, fragt sie, um ihn abzulenken.
Henri nickt erleichtert. »Gute Idee! Keine Ahnung, warum wir überhaupt stehen geblieben sind!«
Nelli bekommt eine Gänsehaut. Der Ort und seine Einwohner werden immer seltsamer. Und unheimlicher. Kann Nelli das auch passieren? Dass alle Sachen in ihrem Kopf vernebeln und verschwinden? Kann sie Ava vergessen? Nelli schnauft. Niemals!
Entschlossen folgt sie Henri die Treppe hinab. Ava und Jupiter und alles andere sind sicher in ihrem Kopf. Nelli wird nicht zulassen, dass sich da ein Nebel einschleicht und sie klaut.
»Du musst möglichst unauffällig und normal sein«, flüstert Henri Nelli zu, während er die Tür zum Esszimmer öffnet.
»Ich versuch's«, flüstert Nelli zurück.
Henri nickt zufrieden, und gemeinsam treten sie ein.
In dem winzigen Raum steht nur ein kreisrunder Tisch. An dem kreisrunden Tisch sitzen Henris Eltern. Sie gucken, wie Eltern gucken, wenn sie versuchen, sich nichts anmerken zu

lassen. Das sieht ein bisschen so aus, als säßen sie auf Nadeln. Oder als hätten sie Spinnen im Mund. Oder als täten ihre Ohren schrecklich weh.
Henris Eltern grinsen Nelli und Henri ängstlich entgegen. Als Nelli und Henri am Tisch sitzen, klatscht Henris Papa ihnen etwas auf die Suppenteller. *Etwas* ist eine gute Beschreibung. Das auf den Tellern ist nämlich eigentlich unbeschreiblich. Es ist grau und auch nicht grau, es ist fest, aber auch nicht fest, es stinkt und riecht gleichzeitig nach gar nichts. Das Einzige, was Nelli mit absoluter Sicherheit dazu sagen kann, ist: Es schmeckt ekelhaft!

Natürlich sagt Nelli das nicht. Weil sie weiß, dass man höflich sein soll, wenn man bei anderen zu Gast ist. Nelli möchte heute besonders höflich sein. Erstens, weil Henris Eltern die Nadeln im Hintern haben. Zweitens, weil Nelli hofft, dass sie so schneller eine Antwort bekommt. Eine Antwort auf die Frage, wohin Ava verschwunden ist. Und drittens, weil Nelli ja beschlossen hat, ab jetzt alles richtig zu machen. Und höflich sein, das ist bestimmt richtig.
Mit dem Schleimigsten-Schmierschleim-Etwas-der-Welt im Mund überlegt Nelli verzweifelt, wie sie besonders höflich sein kann. Zum Glück fällt ihr schnell etwas ein.

»Lecker«, schmatzt Nelli. »Was ist das?«
Henris Eltern strahlen. Nelli ist sich ganz sicher, dass noch niemand das Schleimigste-Schmierschleim-Etwas-der-Welt gelobt hat. Henri sieht Nelli an, als wäre sie verrückt. Nelli bringt ein Lächeln zustande.
»Das ist Grützschleim, liebe Gastschülerin Nelli«, sagt Henris Papa stolz.
»Grützschleim ist das gesündeste Essen der Welt«, ruft Henris Mama begeistert.
»Damit wird man mindestens 444 Jahre alt«, jauchzt Henris Papa.
»Allerdings muss man dann 444 Jahre lang Grützschleim essen«, sagt Henri grimmig.
Nelli wirft Henri einen mitfühlenden Blick zu. Der Arme isst also jeden Tag Grützschleim. Nelli rutscht eine Horde dicker Kröten den Rücken hinab. Also, natürlich nicht in echt. Aber so fühlt sich das an.
»Wir müssen dann jetzt auch los!«, sagt Henris Mama.
Henri springt auf. Sein Teller ist noch voller Schleim.
»Den Rest packe ich dir ein, mein Schatz«, sagt Henris Papa.
Henri würgt, nickt und sagt: »Danke schön.«

Im nächsten Moment stehen Nelli und Henri vor dem Haus. Mittlerweile fühlt Nelli sich wie in einem Traum. Erst ist sie irgendwo und dann irgendwo ganz anders. Die Wege zwischen den Orten bekommt sie gar nicht mit. Vielleicht, weil alles so leise ist. Vielleicht, weil alles so gleich aussieht. Vielleicht, weil das wirklich ein Traum ist? Und Ava ist gar nicht weg? Nelli versucht, sich in den Arm zu kneifen. Aber sie kommt nicht an ihre Haut. Da ist das knisternde Hemd, das lässt sich nicht verschieben. Nellis Hals juckt unter dem Stoff, der sich an ihre Haut krallt.

»Du träumst nicht«, sagt eine Stimme hinter, neben und über Nelli. Nelli sieht hinter sich, neben sich, sie sieht über sich. Da ist nichts. Oder doch: Da ist ein schmaler Schleier Nebel, der sich eilig verzieht.

»Alles in Ordnung, Nelli?«, fragt Henri.

Nelli nickt. »Ich muss mich an die Kleidung gewöhnen.«

»Ja, die klammert ganz schön, oder? Aber bald merkst du das gar nicht mehr.« Henri streckt sich. »Jetzt kommt erst mal die Morgengymnastik.«

Nelli kennt das Ganze schon. Gestern Morgen hat sie es aus dem Bullauge ihres Zimmers beobachtet. Sie hat sich gewundert, was das mit den Hähnen soll. Warum die Menschen so komische Bewegungen machen. Heute ist sie selbst dabei, sie steht mit Henri und seinen Eltern vor dem Haus. Sie streckt sich nach rechts und nach links. Sie biegt sich nach vorne und nach hinten. Sie macht das alles zum TOCK-TECK der großen Uhr.

Irgendwann kreischen die Hähne auf den Dächern. Die Menschen stehen still. Still wie Statuen. Nelli kann nicht so gut stillstehen. Die Strumpfhose kratzt, das Hemd kneift sie in die Arme, und die Schuhbänder ziehen sich immer weiter zu. Nelli wackelt und schwankt. Henri sieht sie aus dem Augenwinkel ängstlich an.

»Es dauert nicht mehr lange«, flüstert er.

Zum Glück hat er recht. Schon wieder kreischen die Hähne, die Menschen setzen sich in Bewegung. Nelli folgt Henri. Sie gehen an seinen Eltern vorbei und bekommen jeder zwei Küsse auf das angeklatschte Haar gedrückt.
»Wir sehen uns gleich«, flüstert Henris Mama.
»Sie ist Lehrerin«, erklärt Henri Nelli leise, während sie mit den anderen Kindern den Weg entlangwandern.
»Und mein Vater ist ein Wächter.«
Es klingt stolz, wie Henri das sagt. Und auch ein bisschen traurig.
Nelli will fragen, was das bedeutet, was Henris Papa bewacht. Aber sie fragt nicht. Nelli ist mit einem Mal sehr müde. Das TOCK-TECK der riesigen Uhr macht ihre Gedanken langsam, es ist wie Schlafwandeln. Matt winkt sie Jupiter zu, der am Uhrenturm hinter einem Schild hervorlugt.
Nelli flüstert: »Ich mache alles gut, Jupiter. Ich mache ab jetzt alles richtig, und so hole ich uns Ava zurück.« Jupiter grunzt, und Nelli hofft, dass das ein »In Ordnung« war, was er da gegrunzt hat.
Henri dreht sich zu Nelli um. »Jupiter sagt: ›In Ordnung und viel Glück‹«.
Nelli nickt. Wenigstens das geht klar.
»Ich weiß zwar nicht, warum Jupiter das sagt, aber Ordnung und Glück, das kann man hier immer brauchen«, murmelt Henri. Dann zeigt er auf ein kerzengerades Häuschen, das sich eifrig dem nebligen Himmel entgegenreckt.
»Wir sind da, das ist die Schule.«
Nelli schluckt. Es ist nie schön, in eine neue Schule zu

kommen. Es ist meistens aufregend, *die Neue* zu sein. Vor allem, wenn man neu an *solch* einem Ort ist. An einem Ort, wo der Nebel mit einem spricht und wo man ansonsten nichts so richtig versteht.

»Keine Sorge, Nelli«, sagt Henri leise und nimmt Nellis Hand. »Ich bin ja auch noch da.«

Und da muss Nelli grinsen. Weil Henri ein ganz ungewöhnlicher, aber irgendwie auch ein ungewöhnlich toller Junge ist.

FÜNFZEHNTES KAPITEL

Das größte Pusten der Weltgeschichte

Der Klassenraum sieht ganz normal aus. Damit hat Nelli nicht gerechnet. Wie in den meisten Schulen gibt es eine Tafel, einen großen Lehrertisch und davor aufgereiht viele kleinere Schülertische und Stühle. Dort sitzen die anderen Kinder. Obwohl noch kein Lehrer in Sicht ist, sind die Kinder erschreckend still. Nur ein kleiner Junge mit stacheligem Haar summt leise vor sich hin.

»Das ist Karl«, flüstert Henri. »Der ist ein bisschen traurig.«

»Warum?«, fragt Nelli, aber Henri tut so, als hätte er das nicht bemerkt.

Erst jetzt fällt Nelli auf, dass alle Kinder so tun, als würden sie nichts merken. Als würden sie nicht merken, dass Nelli da ist, dass da eine *Neue* ist. Normalerweise sind immer alle ganz aufgeregt, wenn ein neues Kind in die Klasse kommt. Aber hier nicht, hier starren sie alle weiter vor sich hin. Still und stumm und jeder für sich allein. *Vielleicht bin ich wirklich unsichtbar*, denkt Nelli, und von dem Gedanken bekommt sie eine Gänsehaut.

Was noch komisch ist in dieser Schule, das ist die Karte. Sie hängt neben der Tafel. Auf den ersten Blick ist es eine Weltkarte. Nelli erkennt alle möglichen Länder, in denen sie

schon war. Länder wie Schweden und Chile und Kenia und England und Russland. Länder, in denen sie Freunde hat. Das Komische ist: In der Mitte der Karte ist ein weißer Fleck. Nein, falsch. Genau genommen ist es ein nebliger Fleck. Nelli kann nicht erkennen, in welchem Land er liegt, auch nicht, auf welchem Kontinent. Der Fleck ist wie eine Insel inmitten der Welt. Und dann fällt Nelli auf, dass die Insel sich bewegt. Der Fleck wandert, ganz langsam und ziemlich nervös.
»Was ist mit der Karte los?«, fragt Nelli.
»Pst!«, macht es. Nelli hat noch nie so ein lautes »Pst« gehört. Die Kinder sehen sie streng an. Nelli will streng zurückgucken, aber das klappt nicht. Das ist nämlich das Blöde am Neusein: dass nicht alles so klappt, wie man will. Aber immerhin weiß Nelli jetzt, dass sie doch nicht unsichtbar ist.
»Die anderen sind eigentlich sehr nett«, flüstert Henri neben ihr.
»Setz dich bitte, Henri«, sagt Henris Mama.
Sie macht jetzt ein noch ernsteres Gesicht als beim Frühstück. Sie legt ihre Hand auf Nellis Schulter und schiebt Nelli ein Stück weiter vor. Das machen Lehrer immer mit neuen Schülern, das kennt Nelli schon. Die Hand auf die Schulter legen und den neuen Schüler allen ganz genau zeigen. Eigentlich mag Nelli das gar nicht, dieses Vorgezeigtwerden, aber jetzt ist sie froh darüber. Weil es sich so normal anfühlt.
»Das ist Nelli«, sagt Henris Mama. »Sie ist eine Gastschülerin und lernt von uns, wie man alles richtig macht.«
Die Kinder nicken. Nelli nickt mit. Sie sieht Henri in der letzten Reihe, er grinst ihr kurz zu.

Henris Mama sieht ihn streng an. »Konzentration«, sagt sie. Dann überlegt sie laut: »Ich werde Gertrude später fragen, ob das mit der Gastschülerin seine Richtigkeit hat.«
Nelli erschrickt. Natürlich hat das mit der Gastschülerin nicht seine Richtigkeit. Was, wenn nun alles auffliegt, wenn Nelli nicht länger unsichtbar ist? Wenn sie schon wieder alles falsch gemacht hat und Ava verschwunden bleibt, was, wenn …
Nelli hört ein klackendes Geräusch und sieht auf.
In der dritten Reihe sitzt Laura, das Mädchen mit der übergroßen Brille, und schnipst wie verrückt mit dem Finger in der Luft herum.
»Laura«, sagt Henris Mama. Es klingt ein bisschen ungeduldig. »Was ist denn?«
Laura räuspert sich und steht auf. Sie macht ein sehr wichtiges Gesicht dabei.
»Ich wollte Sie nur daran erinnern, dass fragen strengstens verboten ist.« Laura wuchtet das schwere Buch von ihrem Rücken, knallt es vor sich auf den Tisch und beginnt, wie wild zu blättern. Sie drückt den Zeigefinger tief ins Papier und liest: »Es ist strengstens verboten zu fragen.« Triumphierend sieht Laura die Lehrerin an. Henris Mama nickt. »Vielen Dank, Laura.

Was würde ich nur ohne dich machen? Selbstverständlich hast du recht. Und das mit der Gastschülerin, das wird schon seine Richtigkeit haben.«

Nelli fallen eine Milliarde Steine vom Herzen.

»Nelli, setz dich bitte neben Laura«, sagt Henris Mama und gibt Nelli einen leichten Schubs. »Laura ist nämlich ein sehr gutes Vorbild.«

Also setzt Nelli sich neben Laura. Bisher fand sie Laura ziemlich nervig und gemein. Vor allem, als sie das mit dem Verschwinden zu Henri gesagt hat. Und als sie Nellis Haare so blöd angeguckt hat. Aber eben hat Laura Nelli und Henri ziemlich aus der Patsche geholfen. Und deswegen lächelt Nelli Laura freundlich an. Laura rümpft die Nase, ihre Brille verrutscht. Widerwillig schiebt sie ihr Regelbuch beiseite, sodass Nellis Arme auf den Tisch passen. Und dann flüstert sie leise und giftig in Nellis Ohr: »Nur dass du es weißt, ich bin das *allerbeste* Vorbild!«

Oh Mann, denkt Nelli. Das kann ja was werden.

Manchmal werden Gedanken wahr. Manchmal sind Gedanken eher Befürchtungen. Tatsächlich wird das ganz schön was. Das in der Schule, das mit Laura. Erst sollen die Kinder Leisesein üben. Nicht Mathe, nicht Kunst, Musik oder Geschichte. Leisesein. Das hört sich vielleicht gar nicht so schwierig an, ist es aber. Man muss sich das mal vorstellen: Ein ganzer Raum voller Kinder, denen ein Floh im Kopf rumhüpft und singt: »Leisesein, Leisesein, oooooh, wie ist das laaaangweilig!«

Immer wackelt jemand. Immer muss jemand zum Klo. Immer popelt einer in der Nase. Immer wieder muss die Lehrerin sie ermahnen. Und immer wieder fangen sie von vorne an.
»Zehn Minuten absolute Stille«, seufzt Henris Mama, »das muss doch zu schaffen sein!«
Einmal schaffen sie es fast. Alle halten den Mund, niemand bewegt sich. Sie starren auf die kleine Uhr, vorne über der seltsamen Karte. Noch eine halbe Minute, noch neunundzwanzig Sekunden. Nelli denkt die ganze Zeit an nichts. Nichts denken hilft. Es ist aber auch sehr schwierig, wenn man wie Nelli den Kopf voller Ideen und Fragen hat. Wenn einen nur eins interessiert: wohin Ava verschwunden ist und wie man sie wiederbekommt. Wenn man weiß, dass Fragen verboten ist. Wenn man alles richtig machen will und deswegen nicht fragen darf.
Dann ist da viel Platz für den tanzenden Floh. Dann hat man Zeit, dem Floh bei seinem Lied zuzuhören. Dann kann es sein, dass sich im Bauch ein Lachen einnistet und im Mundwinkel ein Grinsen. Nelli hält die Luft an. Sie presst die Hand auf den Mund, aber es geht nicht mehr, es ist zu spät. Nelli prustet los. Und hinter ihr fängt Henri laut an zu lachen.
Bis auf das Lachen ist es im Raum stiller als still. Henris Mama könnte sich freuen, wenn nur Nelli nicht wäre und Henri. Die beiden versuchen, mit dem Lachen aufzuhören. Aber so ist das mit dem Lachen: Je mehr man versucht, es zu stoppen, desto lauter wird es.
Henris Mama sieht sie fassungslos an. Sie kneift sich in die

Nase, sie greift sich ins Haar, und über ihrem Kopf taucht eine dieser kleinen Nebelwolken auf.

»Wie funktioniert das?«, fragt Nelli lachend.

Henris Mama sieht noch entsetzter aus. Die Nebelwolke wird größer. Nelli beißt sich auf die Zunge. Fragen ist hier verboten, das hat sie heute gelernt.

»Nicht drüber reden«, zischt Laura.

»Mama«, sagt Henri besorgt.

»Alles gut, alles gut«, murmelt Henris Mama immer wieder und fuchtelt mit der Hand über ihrem Kopf rum. Es sieht aus, als wollte sie eine Fliege verscheuchen. Die Wolke lässt sich von dem Gemurmel und Gefuchtel aber nicht beeindrucken. Im Gegenteil: Sie wird sogar noch größer und grauer.

Nelli lacht nicht mehr. Das hier ist ernst. Das ist ein Problem. Sie sieht, wie Laura die Hände knetet, wie der Junge rechts vor ihr unruhig auf seinem Stuhl herumrutscht. Die Stille im Raum ist so dicht wie Fischpastete. Henris Mama hat Angst, das kann jeder sehen. Nelli will unbedingt etwas tun, sie weiß aber nicht, was. Was macht man, wenn jemand im Nebel verschwindet?

Es kracht. Alle zucken zusammen, Karl ist mit einem Satz unter seinem Tisch, und ein erstaunlich dünnes Mädchen kreischt laut. Henri ist aufgesprungen, sein Stuhl liegt auf dem Boden. Henri rennt zu seiner Mama. Er nimmt sie fest in den Arm.

»Alles gut, Mama«, sagt Henri. »Alles gut, gut, gut.«

»Man soll Vernebelte nicht anfassen«, flüstert Laura. »Das ist hoch ansteckend.«

Nelli will nicht, dass Henri sich mit seiner Mama in Nebel auflöst. Ängstlich beobachtet sie, was passiert.
Es sieht aus wie gemalt: Henri und seine Mama stehen in einer Wolke aus Nebel. Der Nebel dreht und schlingt und windet sich um sie herum.
»Komm da raus, Henri!«, ruft Laura.
Die anderen Kinder erwachen aus ihrer Erstarrung. »Komm raus, Henri! Komm raus!«, rufen sie.
Aber Henri bleibt stehen und drückt seine Mama an sich und murmelt immer wieder: »Alles gut.«
Und dann verzieht sich der Nebel plötzlich. Obwohl, *plötzlich* stimmt nicht so ganz. Erst kriecht er an den beiden hoch, an den Beinen, den Armen, dem Hals, den Ohren. Über den Köpfen schwebt nun nur noch die kleine Wolke, mit der alles angefangen hat.
»Pusten!«, ruft Nelli, klettert auf ihren Stuhl, dann auf den Tisch und fängt an, in Richtung der Wolke zu pusten. Die anderen Kinder stehen und starren. Und dann bewegen sie sich. Erst pustet der Junge rechts vor Nelli, dann das erstaunlich dünne Mädchen, dann ein Mädchen mit phantastisch roten Ohren, ein Junge mit einer wunderbar großen Nase, dann kriecht Karl unter seinem Tisch hervor und pustet, und dann pusten alle.
Alle außer Laura. Die sitzt still und stumm auf ihrem Stuhl und starrt in ihr Regelbuch.
Und trotzdem ist es ganz sicher das größte Gepuste der Weltgeschichte.
Nellis Wangen sind schon ganz ausgeleiert, als sich die Nebel-

wolke endlich bewegt. Langsam, ganz langsam schwebt sie in Richtung Fenster. Die Kinder weichen ängstlich zurück.
»Nicht aufhören!«, ruft Nelli. Die Wolke muss weg.
Plötzlich springt Laura auf, zieht ein riesiges Instrument unter ihrem Tisch hervor, stürzt über den Tisch, stolpert zum Fenster, reißt es auf, zückt das Gerät … und jetzt erkennt Nelli, was Laura da in der Hand hat: einen riesigen Blasebalg! Laura pustet damit, wie noch niemals jemand gepustet hat. Die Wolke zögert, trudelt, strauchelt, und schließlich segelt sie aus dem Klassenzimmer hinaus.
Während die anderen Kinder ans Fenster stürzen, geht Laura zu ihrem Platz. Sie setzt sich, verstaut den Blasebalg wieder unter ihrem Tisch, sie öffnet das riesengroße Buch. Laura liest weiter, als ob nichts gewesen wäre.
»Danke«, sagt Henris Mama schwach. »Danke, liebe Kinder. Das wäre wirklich nicht nötig gewesen.«
»Und ob«, sagt Henri mit ganz leiser Stimme, aber sehr bestimmt. »Und ob, Mama. Das war so was von nötig.«
Und dazu sagt Henris Mama dann nichts mehr. Nur eins noch, eins, einmal drückt sie Henri noch ganz fest an sich.
Nelli hat einen Kloß im Hals und gleichzeitig ein Grinsen im Gesicht, und das, kann man sich ja vorstellen, ist ein sehr verwirrender Zustand.

SECHZEHNTES KAPITEL

Das Wolkentafelzimmer

Nachdem Henris Mama sich ein wenig erholt hat und alle wieder auf ihren Plätzen sitzen, meldet sich Laura.

»Nach Regel vierhundertdreiundzwanzigeinhalb müssen Kinder, die den Unterricht durch ungeplantes Lachen stören, in das Wolkentafelzimmer.«

Henris Mama fällt das Lächeln aus dem Gesicht. Henri stöhnt auf, Nelli versteht mal wieder nicht, was los ist.

Laura zuckt mit den Schultern. »Da kann ich ja nichts für. Das steht hier.« Sie tippt schon wieder auf dem dicken Buch herum. »Ich will ja nur, dass alles richtig läuft und niemand ver…« Laura spricht nicht weiter, weil die anderen Kinder sie böse ansehen. »Ich meine ja nur«, sagt sie beleidigt.

Henris Mama seufzt. »Du hast recht, Laura, wie immer. Nelli und Henri müssen in das Wolkentafelzimmer.«

Henri ächzt entsetzt, und Laura grinst. Henris Mama beobachtet Laura einen Moment lang beim Grinsen, dann grinst sie auch.

»Und weil du das allerbeste Vorbild bist und nur das Beste willst, liebe Laura, gehst du mit den beiden mit. Ich ernenne dich nämlich zu Nellis Patin. Du passt ab jetzt auf sie auf!«

Jetzt grinst Laura nicht mehr.

Henris Mama winkt die drei zu sich. Dann drückt sie mit dem kleinen Finger der rechten Hand und dem Zeigefinger der linken Hand auf die seltsame Karte. Genau auf die Stelle, wo sich die Welt in Nebel auflöst. Quietschend öffnet sich eine kleine Tür.
»Das Wolkentafelzimmer«, flüstert Henri.
»Viel Glück«, sagt seine Mama traurig.
Die Kinder zögern. Die Tür ist ziemlich klein und das Loch dahinter ziemlich dunkel.
»Ihr solltet euch beeilen«, sagt Henris Mama. »Ihr werdet alle Zeit der Welt brauchen.«
Nelli saugt eine große Portion Mut ein, dann klettert sie in das finstere Loch.

Erst sieht sie gar nichts. Dann ein bisschen. Der Raum ist nicht sehr groß. Als Laura und Henri neben ihr stehen, berühren sich ihre Arme.
»Wenn ihr die Tafeln vollgeschrieben habt, hole ich euch wieder raus«, sagt Henris Mama. Ihre Stimme kommt von weit, weit weg. Die Tür wird geschlossen.
Die Kinder sehen sich um. Weil der Raum so klein ist, stoßen ihre Köpfe dabei aneinander.
»Das kann ja heiter werden«, sagt Laura.
»Heiter bis wolkig«, sagt Henri. Keiner lacht.
»Warum heißt das Wolkentafelzimmer eigentlich ›Wolkentafelzimmer?‹, fragt Nelli.
Wortlos zeigt Henri an die Wand. Da hängen drei Tafeln. Riesengroße Tafeln. Die Tafeln sind so groß, dass sie weitergehen,

dort, wo die Wand aufhört. Das Zimmer hat kein Dach. Da ist nur Luft. Und ganz oben in der Ferne stoßen die Tafeln in die Nebelwolken.
»Gigantisch«, sagt Nelli.
»Tragisch«, knurrt Laura. »Tragisch, dass wir hier nie wieder rauskommen werden.«
Henri nickt traurig. Nelli ist es langsam leid, nie was zu verstehen.
»Wieso kommen wir hier nicht wieder raus? Da ist doch die Tür!«
Laura lacht, aber es klingt nicht besonders fröhlich.
»Ja, aber die Tür geht erst wieder auf, wenn wir fertig sind.«
»Fertig womit?«, fragt Nelli ungeduldig und rüttelt probeweise an der Tür. Laura hat recht: Die geht nicht auf.
»Fertig damit, die Tafeln vollzuschreiben. Von unten bis da oben …« Henri zeigt in die Nebelwolken. Er ist schon wieder ganz blass. »Ich habe Höhenangst«, sagt er vorsichtig. »Darf ich unten schreiben?«
Laura lacht schon wieder so komisch. »Bis oben kommen wir eh nie, wir haben ja nicht mal eine Leiter.«
Nelli mag es nicht, wenn jemand sagt, dass etwas unmöglich ist. Sie will hier raus, sie muss Ava suchen. Entschlossen nimmt Nelli ein Stück Kreide aus dem großen Eimer, der knapp über ihren Köpfen hängt.
»Was soll ich denn schreiben?«
Eine Nebelwolke ploppt vor ihr auf. Nelli springt zurück. Sie landet auf etwas Weichem. Laura quietscht. Nelli ist auf ihren Fuß gesprungen.

»Siehst du«, sagt Laura vorwurfsvoll. »Deswegen haben wir die Spezialschuhe. Da hätte ja jetzt alles Mögliche passieren können.«

Nelli nickt. Das sieht sie ein. Aber warum ist hier schon wieder Nebel?

»Keine Angst«, sagt Henri und zeigt auf die Wolke. »Die ist nur zur Information.«

Nelli beobachtet, wie der Nebel sich dreht, formt, wie er sich wendet. Der Nebel schreibt in die Luft:

Unerlaubtes Lachen ist strengstes verboten!

Nelli tippt sich an die Stirn. »Und den Blödsinn soll ich jetzt eine Milliarde Mal schreiben?«

Laura hüstelt. »Eher dreißig Trilliarden Mal, würde ich schätzen.«

Nelli wird das alles zu viel. Der Nebel, das Verschwinden, die dreißig Trilliarden. Wie viel ist das überhaupt? So weit kann Nelli nicht mal zählen. Um so weit zu zählen, bräuchte man bestimmt mehr als alle Finger aller Hände aller Menschen aller Welten.

Aber wenn Nelli Ava zurückhaben möchte, dann muss sie ab jetzt alles richtig machen. Und wenn es in diesem Ort zu den Regeln gehört, dass man unendlich oft einen dummen Satz an eine wolkenhohe Tafel schreibt, dann schreibt Nelli eben. Ava sagt immer, dass Nelli einen Dickkopf hat. Mit einem Dickkopf kann man nicht nur Mamas nerven, damit kann man notfalls auch Unmögliches schaffen.

»Jawohl«, sagt Nelli laut, und dann fängt sie an zu schreiben. Die Kreide ist eine von der ganz krümeligen Sorte. So eine Kreide, die zerbröselt, bevor sie auch nur die Tafel berührt hat. Nelli flucht.

»Nicht fluchen, bitte«, sagt Henri neben ihr schüchtern. »Sonst müssen wir auch noch dreißig Trilliarden Mal *Ich soll nicht fluchen* schreiben.«

Das leuchtet Nelli ein. Statt zu fluchen, summt sie lieber vor sich hin. Avas und Erics Melodie. Das ist das einzige Lied, das ihr hier einfällt. Und außerdem tröstet es ein bisschen.

»Woher hast du das Lied?«, fragt Laura.

»Von meiner Mama«, sagt Nelli knapp.

Sie hat keine Lust, mit Laura zu reden. Schon gar nicht über Ava. Schließlich ist Laura schuld daran, dass sie überhaupt im Wolkentafelzimmer gelandet sind. Und jetzt hilft sie nicht mal. Sie hockt nur auf ihrem blöden Regelbuch rum und wühlt in ihrer Hosentasche.

»Nellis Mama ist verschwunden«, sagt Henri.

Nelli findet es nicht besonders toll, dass er Laura das erzählt. Aber Laura macht keinen blöden Spruch. Sie sagt nur sehr leise: »Oh.« Und dann sagt sie: »Das tut mir sehr, sehr leid, das ist das Allerschlimmste, was einem passieren kann.«

Nelli nickt. Laura hat recht, das ist wirklich das Allerschlimmste.

Zum Glück kann Nelli das Allerschlimmste wiedergutmachen.

»Ich mache jetzt alles richtiger als richtig, und dann kommt sie zurück.«

Laura sagt nichts. Sie kaut auf ihrer Unterlippe und sieht Nelli mitleidig an. Mitleidig angesehen werden ist ganz und gar nicht toll.

»Ist also alles nicht so schlimm«, sagt Nelli und schluckt die Tränen weg.

»Doch!«, sagt Laura. »Weißt du, Nelli, es ist nämlich noch nie jemand zurückgekommen ...«

Henri blitzt Laura wütend an. »Das kann man nicht wissen. Der Briefträger sagt immer, dass alles möglich ist.«

»Mag sein«, sagt Laura. »Aber der Briefträger ist ja jetzt auch verschwunden.«

Henri dreht sich wieder zur Tafel.

»Du nervst«, murmelt er und beginnt zu schreiben.

»Ihr habt richtig Glück«, sagt Laura nach einer Weile. »Dass ich mich bereit erklärt habe, mit euch zu kommen.«

Henri schmeißt die Kreide auf den Boden. Das ist bestimmt auch verboten.

»Du hast dich nicht BEREIT erklärt, Laura, du MUSSTEST mitkommen.«

Laura hebt die Kreide auf und grinst Henri an. Sie steckt die Kreide in die Greifarme eines kleinen Geräts. Wie ein winziger Käfer aus Schrauben sieht es aus.

»Kann sein«, sagt Laura. »Aber wenn ich nicht hier wäre, hättet ihr auch meine ERFINDUNG nicht, und dann wärt ihr verloren.«

»Was bitte ist eine ERFINDUNG?«, brüllt Henri. Er ist jetzt richtig, richtig wütend. Er hat sogar einen knallroten Kopf.

Laura sagt nichts mehr. Seelenruhig tritt sie an die erste

chen ist strengstens verboten. Unerlaubtes Lachen ist strengstens verboten. Unerlaubtes Lachen ist
erlaubtes Lachen ist strengstens verboten. Unerlaubtes Lachen ist strengstens verboten. Unerlaubtes
chen ist strengstens verboten. Unerlaubtes Lachen ist strengstens verboten. Unerlaubtes Lachen
strengstens verboten. Unerlaubtes Lachen ist strengstens verboten. Unerlaubtes Lachen ist strengstens verboten.
erlaubtes Lachen ist strengstens verboten. Unerlaubtes Lachen ist strengstens verboten. Unerlaubtes Lachen
strengstens verboten. Unerlaubtes Lachen ist strengstens verboten. Unerlaubtes Lachen ist strengstens
rboten. Unerlaubtes Lachen ist strengstens verboten. Unerlaubtes Lachen ist strengstens verboten. Unerlaubtes
chen ist strengstens verboten. Unerlaubtes Lachen ist strengstens verboten. Unerlaubtes Lachen ist
erlaubtes Lachen ist strengstens verboten. Unerlaubtes Lachen ist strengstens verboten. Unerlaubtes
chen ist strengstens verboten. Unerlaubtes Lachen ist strengstens verboten. Unerlaubtes Lachen
strengstens verboten. Unerlaubtes Lachen ist strengstens verboten. Unerlaubtes Lachen ist strengstens verboten.
erlaubtes Lachen ist strengstens verboten. Unerlaubtes Lachen ist strengstens verboten. Unerlaubtes Lachen
strengstens verboten. Unerlaubtes Lachen ist strengstens verboten. Unerlaubtes Lachen ist strengstens
rboten. Unerlaubtes Lachen ist strengstens verboten. Unerlaubtes Lachen ist strengstens verboten. Unerlaubtes
chen ist strengstens verboten. Unerlaubtes Lachen ist strengstens verboten. Unerlaubtes Lachen ist
erlaubtes Lachen ist strengstens verboten. Unerlaubtes Lachen ist strengstens verboten. Unerlaubtes
chen ist strengstens verboten. Unerlaubtes Lachen ist strengstens verboten. Unerlaubtes Lachen
strengstens verboten. Unerlaubtes Lachen ist strengstens verboten. Unerlaubtes Lachen ist strengstens verboten.
erlaubtes Lachen ist strengstens verboten. Unerlaubtes Lachen ist strengstens verboten. Unerlaubtes Lachen
strengstens verboten. Unerlaubtes Lachen ist strengstens verboten. Unerlaubtes Lachen ist strengstens
rboten. Unerlaubtes Lachen ist strengstens verboten. Unerlaubtes Lachen ist strengstens verboten. Unerlaubtes
chen ist strengstens verboten. Unerlaubtes Lachen ist strengstens verboten. Unerlaubtes Lachen ist
erlaubtes Lachen ist strengstens verboten. Unerlaubtes Lachen ist strengstens verboten. Unerlaubtes
chen ist strengstens verboten. Unerlaubtes Lachen ist strengstens verboten. Unerlaubtes Lachen
strengstens verboten. Unerlaubtes Lachen ist strengstens verboten. Unerlaubtes Lachen ist strengstens verboten.
erlaubtes Lachen ist strengstens verboten. Unerlaubtes Lachen ist strengstens verboten. Unerlaubtes Lachen
strengstens verboten. Unerlaubtes Lachen ist strengstens verboten. Unerlaubtes Lachen ist strengstens
rboten. Unerlaubtes Lachen ist strengstens verboten. Unerlaubtes Lachen ist strengstens verboten. Unerlaubtes
chen ist strengstens verboten. Unerlaubtes Lachen ist strengstens verboten. Unerlaubtes Lachen ist
erlaubtes Lachen ist strengstens verboten. Unerlaubtes Lachen ist strengstens verboten. Unerlaubtes
chen ist strengstens verboten. Unerlaubtes Lachen ist strengstens verboten. Unerlaubtes Lachen
strengstens verboten. Unerlaubtes Lachen ist strengstens verboten. Unerlaubtes Lachen ist strengstens verboten.
erlaubtes Lachen ist strengstens verboten. Unerlaubtes Lachen ist strengstens verboten. Unerlaubtes Lachen
strengstens verboten. Unerlaubtes Lachen ist strengstens verboten. Unerlaubtes Lachen ist strengstens
rboten. Unerlaubtes Lachen ist strengstens verboten. Unerlaubtes Lachen ist strengstens verboten. Unerlaubtes
chen ist strengstens verboten. Unerlaubtes Lachen ist strengstens verboten. Unerlaubtes Lachen ist
erlaubtes Lachen ist strengstens verboten. Unerlaubtes Lachen ist strengstens verboten. Unerlaubtes
chen ist strengstens verboten. Unerlaubtes Lachen ist strengstens verboten. Unerlaubtes Lachen
strengstens verboten. Unerlaubtes Lachen ist strengstens verboten. Unerlaubtes Lachen ist strengstens verboten.
erlaubtes Lachen ist strengstens verboten. Unerlaubtes Lachen ist strengstens verboten. Unerlaubtes Lachen
strengstens verboten. Unerlaubtes Lachen ist strengstens verboten. Unerlaubtes Lachen ist strengstens
rboten. Unerlaubtes Lachen ist strengstens verboten. Unerlaubtes Lachen ist strengstens verboten. Unerlaubtes
chen ist strengstens verboten. Unerlaubtes Lachen ist strengstens verboten. Unerlaubtes Lachen ist
erlaubtes Lachen ist strengstens verboten. Unerlaubtes Lachen ist strengstens verboten. Unerlaubtes
chen ist strengstens verboten. Unerlaubtes Lachen ist strengstens verboten. Unerlaubtes Lachen
strengstens verboten. Unerlaubtes Lachen ist strengstens verboten. Unerlaubtes Lachen ist strengstens verboten.
erlaubtes Lachen ist strengstens verboten. Unerlaubtes Lachen ist strengstens verboten. Unerlaubtes Lachen
strengstens verboten. Unerlaubtes Lachen ist strengstens verboten. Unerlaubtes Lachen ist strengstens
rboten. Unerlaubtes Lachen ist strengstens verboten. Unerlaubtes Lachen ist strengstens verboten. Unerlaubtes
chen ist strengstens verboten. Unerlaubtes Lachen ist strengstens verboten. Unerlaubtes Lachen ist
erlaubtes Lachen ist strengstens verboten. Unerlaubtes Lachen ist strengstens verboten. Unerlaubtes
chen ist strengstens verboten. Unerlaubtes Lachen ist strengstens verboten. Unerlaubtes Lachen
strengstens verboten. Unerlaubtes Lachen ist strengstens verboten. Unerlaubtes Lachen ist strengstens verboten.
erlaubtes Lachen ist strengstens verboten. Unerlaubtes Lachen ist strengstens verboten. Unerlaubtes Lachen
strengstens verboten. Unerlaubtes Lachen ist strengstens verboten. Unerlaubtes Lachen ist strengstens
rboten. Unerlaubtes Lachen ist strengstens verboten. Unerlaubtes Lachen ist strengstens verboten. Unerlaubtes

Tafel. Sie setzt das kleine Gerät darauf und drückt einen roten Knopf. Das Gerät knirscht und knattert. Dann macht es viermal *Plopp*. Kleine Saugnäpfe kleben sich an der Tafel fest, und dann beginnt Lauras Erfindung mit der Arbeit. Satz um Satz schreibt sie, Zeile um Zeile in Windeseile. Dreißig Trilliarden Mal:

Unerlaubtes Lachen ist strengstens verboten!

Irgendwann ist der Kreideeimer leer und die Tafel vollgeschrieben, und Lauras Erfindung hüpft aus Nebelwolkenhöhe direkt in Lauras Hand, und die kleine Tür geht auf, und Henris Mama streckt strahlend den Kopf herein.
»Das hat noch niemand geschafft«, sagt sie glücklich. »Ich bin so froh! Alle anderen haben sich nach spätestens zehn Jahren in Nebel aufgelöst.«
Henri sieht sie fassungslos an. Nelli versteht das, schließlich hat seine Mama sie hier reingesteckt, Nelli und Laura und Henri, ihren eigenen Sohn. Nur wegen irgend so einer blöden Regel.
»Man muss sich an die Regeln halten«, flüstert Henri nach einer Weile. Vielleicht kann er Gedanken lesen.
»Kommt, Kinder«, ruft Henris Mama. Sie ist so erleichtert, dass sie immer wieder laut ausatmet. »Hach«, macht Henris Mama. Immer wieder: »Hach, hach, hach!«
Als sie aus dem Wolkentafelzimmer klettern, flüstert Nelli Laura ins Ohr: »Du bist genial.«
Es war nicht einfach, das zu sagen, weil Nelli Laura eigentlich

nicht so gerne mag. Aber es musste gesagt werden, weil es stimmt, weil Laura nun mal genial ist.

»Ich weiß«, sagt Laura zufrieden. »Ich bin nun mal die beste Erfinderin der Welt. Und auch sonst bin ich überaus begabt.«

Dazu sagt Nelli lieber nichts mehr.

SIEBZEHNTES KAPITEL

Die Kreisläufer

Es tut gut, endlich wieder Platz zu haben. Die Kinder strecken sich in alle Richtungen, Nelli hüpft auf der Stelle.
»Leider ist hüpfen verboten«, sagt Henris Mama.
Nelli fragt nicht, warum.
Das TOCK-TECK der Uhr ist lauter geworden, die anderen Kinder sind weg.
»Ihr müsst euch beeilen, um rechtzeitig zum Kreislauf zu kommen«, sagt Henris Mama.
Laura läuft sofort los.
»Moment, Laura«, sagt Henris Mama streng. »Du hast Nelli vergessen. Denk dran, du bist ihre Patin!«
Laura seufzt sehr theatralisch, kommt zurück, greift Nellis Arm und zieht sie hinter sich her.
»Passt auf, dass ihr nicht hinfallt«, ruft Henris Mama.
»Gleich siehst du Gertrude«, sagt Henri, der atemlos hinter Laura und Nelli herstolpert. Kein Wunder, dass seine Mama sich Sorgen macht, dass Henri hinfallen könnte.
Gemeinsam mit den anderen Ortsbewohnern laufen die Kinder auf den Uhrenturm zu. Anscheinend findet der Kreislauf genau dort statt, wo einmal der Bus stand. Nelli denkt an Jupiter. Hoffentlich hat er sich rechtzeitig versteckt.

»Auf den Rhythmus achten, Henri«, ruft jemand.
Nelli sieht sich um. Da steht Henris Papa und sieht plötzlich sehr stark aus. Er hat einen merkwürdigen Polsteranzug an: Seine Oberarme sind dick wie Baumstämme, seine Waden kräftig wie Säulen, und auf dem Kopf trägt er einen riesigen Helm. Henris Papa hat sich in einen Angst einflößenden, einen strengen Wächter verwandelt. Neben ihm stehen zwei weitere Wächter. Einer ist sehr klein, aber nicht weniger eindrucksvoll, und er starrt noch viel grimmiger unter seinem Helm hervor. Und einer ist sehr, sehr groß. Der sehr, sehr große Wächter versucht auch, grimmig zu gucken, bei ihm sieht es aber nicht richtig überzeugend aus. Nelli bildet sich sogar ein, dass er ein bisschen lächelt. Im Vergleich zu den beiden anderen Wächtern ist Henris Papa ein mittelgroßer, mittelgrimmiger Wächter.
»Den Rücken gerade, junger Mann«, sagt er. Seine Stimme klingt ganz anders, viel strenger als vorhin beim Frühstück.
Henri drückt den Rücken durch, macht den Hals lang, streckt die Nase in den Himmel. Jetzt sieht er aus wie einer der Hähne.
»Sehr gut«, sagt sein Papa zufrieden.
Henri strahlt.
»Mein Papa ist sehr wichtig«, sagt er, als sie weitergehen.
»Hat er deswegen diesen Riesenanzug an?«
Henri nickt. »Das ist eine große Ehre, ein Wächter zu sein. Man passt auf, dass alle alles richtig machen. Damit niemand ver… also … du weißt schon …«
Nelli nickt. Sie weiß schon: Damit niemand verschwindet. So

wie Ava. Nelli ärgert sich, dass sie den Wächtern nicht schon früher begegnet ist. Dann hätten sie Nelli davon abgehalten, etwas falsch zu machen. Dann wäre Ava wahrscheinlich noch da.
»Wenn ich groß bin, will ich auch Wächter werden«, sagt Henri.
»Niemals!«, sagt Laura. Sie läuft vor ihnen und hat sich bisher bemüht, so auszusehen, als gehörte sie nicht dazu. »Niemals wirst du ein Wächter. Dafür muss man wahnsinnig mutig sein. Du bist viel zu ängstlich.«
»Bin ich gar nicht!«, ruft Henri.
»Pst«, machen die Menschen vor ihnen.
»Leise«, sagen die Menschen hinter ihnen.
Henri zieht den Kopf ein wie eine schüchterne Schildkröte.
»Warum bist du eigentlich so gemein?«, fragt Nelli und sieht Laura herausfordernd an.
Laura ist empört. »Ich bin nicht gemein, ich bin nur schlau. Ich weiß die Wahrheit. Henri wird niemals Ordnungshüter. Schon allein die Sache mit den Tieren …« Laura schlägt sich die Hand vor den Mund. Das mit den Tieren muss natürlich ein Geheimnis bleiben.
Schweigend gehen die Kinder weiter. Nelli denkt, dass Laura zwar genial ist, aber ab und zu auch ziemlich doof.

Neben Nelli grunzt es leise. Hinter einem Verbotsschild gucken vier Schweinebeine hervor. Die Beine trippeln nervös auf und ab. Auf dem Schild steht: *Trippeln verboten*. Nelli schleicht sich zum Schild. Sie rechnet damit, dass sofort

wieder jemand ruft. Weil es bestimmt verboten ist, den Polsterweg zu verlassen, weil man bestimmt nicht aus der Reihe tanzen darf. Aber die Menschen sind so damit beschäftigt, geradeaus zu gehen, dass niemand etwas bemerkt. Nicht mal Henri und Laura.
Schnell schlüpft Nelli hinter das Schild. Da sitzt Jupiter, und neben ihm ein ORDNUNGSHAHN. Der mit der kleinen Krone auf dem Kopf! Nelli will ihn schon verscheuchen, als sie versteht, was da gerade passiert. Jupiter und der Ordnungshahn unterhalten sich! In einer Grunz-kräh-Sprache. Sie sind so vertieft in ihr Gespräch, dass sie Nelli gar nicht bemerken. Nelli wünscht sich, Henri wäre da. Der könnte ihr übersetzen, worüber die beiden sprechen. Aber irgendwie hat Nelli auch das Gefühl, dass es sie gar nichts angeht. Wie Jupiter und der Ordnungshahn da sitzen, das sieht irgendwie, das sieht irgendwie verknallt aus! Nelli kann es nicht glauben: Hat Jupiter sich etwa in einen Hahn verliebt? Und dann ausgerechnet in einen Ordnungshahn?
Nelli will sich gerade wieder leise wegschleichen, als der Hahn sie entdeckt. Kreischend fliegt er auf und davon. Jupiters rosa Haut wird knallpink. Er sieht aus, als hätte er einen Sonnenbrand. Nelli muss grinsen. Kein Zweifel, Jupiter ist verliebt! Nelli weiß nicht, wie das ist. Sie war noch nie verliebt. Einmal fast, aber dann wollte Ava weiter.
Nelli weiß, wie Verliebte aussehen, weil sie weiß, wie Ava aussieht, wenn sie von Eric erzählt. So ähnlich sieht Jupiter sie jetzt an. Nelli streichelt ihm über den Kopf. Sie ist froh, dass er nicht alleine war. Aber sie hat auch Angst, dass der

Ordnungshahn sie verpetzt. Was, wenn er Gertrude sagt, dass eine Fremde im Ort ist? Eine Fremde, die versucht, sich unsichtbar zu machen, eine Fremde mit einem kleinen, momentan dunkelpinken Schwein.

Jupiter ist ganz aufgeregt. Er schnüffelt Nelli mit seiner feuchten Schnauze durch das Gesicht, er schlabbert mit seiner rauen Zunge über ihre Wange.

»Ich freu mich auch, dich zu sehen«, flüstert Nelli. Sie drückt Jupiter an sich. Nie wieder wird sie sich so lange von ihm trennen. Es ist bestimmt gefährlich, aber Nelli will Jupiter bei sich haben. Damit Gertrude ihn nicht findet. Und damit sie sofort loskönnen, wenn Ava wieder auftaucht.

»Wir müssen dich irgendwie verstecken«, flüstert Nelli.

Jupiter zerrt an Nellis Forscherrucksack. Das könnte gehen. Nelli muss nur ein bisschen was ausräumen, damit Jupiter Platz hat. Sie zieht das Schlauchboot aus dem Rucksack, das Kakaopulver, den Klappspaten. Dann steckt sie das Kakaopulver doch wieder ein. Wahrscheinlich ist das keine gute Idee, aber Nelli hat das Gefühl, dass sie hier früher oder später einen Kakao brauchen wird.

»Nicht aufessen, Jupiter«, flüstert sie dem Schwein zu, als sie es in den Rucksack steckt. Jupiter liebt Kakaopulver.

Nelli setzt ihren Rucksack wieder auf. Er ist ziemlich schwer. Nelli geht jetzt fast so schräg wie Laura mit ihrem Regelbuch. Oder wie Henris Eltern mit ihren Sorgen. Nelli ist sehr stolz darauf, wie unsichtbar sie geworden ist.

»Na endlich«, flüstert Laura genervt, als Nelli sich wieder hinter ihr einreiht. »Ich hoffe, du hast keinen Blödsinn gemacht.

Blödsinn kann ich nämlich ganz und gar nicht gebrauchen. Es ist schon so alles schlimm genug.«

Laura klingt wie die karierte Frau auf dem Campingplatz letzten Sommer. Zwei Wochen lang hatten Nelli und Ava dort nach Eric gesucht. Weil Ava fand, dass der Platz irgendwie *vielversprechend* aussah. Die Frau saß in ihrem umzäunten Geranien-Gärtchen zwischen bunten Windrädern auf einem orange-braun gestreiften Campingstuhl und beschwerte sich über die Welt. Sie trug einen knallgelben Sonnenhut, ein pinkes T-Shirt und eine sehr kurze, chlorwasserblaue Hose. Während sie sich über die Welt beschwerte, strickte sie an einem unendlich langen Schal. Der Schal war braun und beige und grau und schattenblau und tieftraurigrot und kariert und ringelte sich wie eine Schlange um die Geranien.

»Für wen ist denn der Schal?«, hatte Nelli die Frau gefragt.

»Für wen soll der schon sein?«, hatte die Frau zurückgefragt. »Für nichts und niemanden. Der Schal ist einfach so, und das muss doch auch mal erlaubt sein in dieser ganz und gar merkwürdigen Welt.«

Nelli hatte genickt.

Am nächsten Tag hatte Ava entschieden, dass der Platz doch nicht so *vielversprechend* war. Sie hatten ihre Sachen zusammengepackt, und als sie losfahren wollten, hatte die karierte Frau an die Windschutzscheibe geklopft. Nelli hatte das Fenster heruntergekurbelt, und die Frau hatte ihr den Anfang des Schals in die Hand gedrückt.

»Zieh!«, hatte die Frau gesagt, und Nelli hatte gezogen. Und

zogen und gezogen. Nach einer halben Stunde war der ganze Schal im Bus. Nelli und Ava hatten kaum noch Platz.
»Und jetzt falten«, hatte die karierte Frau gesagt, und Nelli hatte gefaltet. Als sie fertig gefaltet hatte, war der Schal nur noch so groß wie ein Stofftaschentuch.
»Gut«, hatte die Frau gesagt und gelächelt. Dann war sie zurück in ihr Gärtchen gegangen, hatte sich auf den orangebraun gestreiften Campingstuhl gesetzt und wieder zu stricken begonnen.
Seitdem liegt der taschentuchgroße Riesenschal ganz unten in Nellis Rucksack. Nelli hatte ihn schon ganz vergessen. Aber jetzt, wo Laura sie so genervt ansieht, fällt er ihr wieder ein. Der Schal und die karierte Frau.
»Keine Sorge«, sagt Nelli. »Ich mache keinen Blödsinn. Ich mache alles richtig.«
»Dann ist ja gut«, sagt Laura. »Wir sind jetzt nämlich da.«
Nelli sieht sich um. Sie sind auf dem Uhrenplatz angekommen. Der Platz sieht ganz anders aus als gestern. Heute wimmelt es hier vor Menschen. Sie laufen zum Tocken der Uhr um den Turm herum.
»Beeilt euch!«, drängt Laura.
Nelli beeilt sich.
»Guuut«, gurrt eine Stimme. Die Stimme klingt, als bekäme jemand sehr schlecht Luft. »Guuut, meine Lieben, sehr gut.«
Wer spricht da?
Die Stimme kommt aus Richtung des Turmes.
Nelli späht zwischen den Kreisläufern hindurch. Da ist sie. Immer wenn eine Lücke zwischen den Laufenden aufblitzt,

kann Nelli sie kurz sehen. Da steht eine Gestalt neben dem Uhrenturm.
Nelli weiß sofort, wer das ist.
Da steht …

GERTRUDE.

ACHTZEHNTES KAPITEL

TOCK-TECK, TOCK-TECK, TOCK-TECK

Gebannt starrt Nelli Gertrude an.
»Guuut«, gurrt Gertrude. »Guuut! Immer im Kreis, immer herum, herum, herum.«
Die Bürgermeisterin sieht genauso aus, wie Nelli sie sich vorgestellt hat. Nur noch ein bisschen ängstlicher. Und viel, viel trauriger. Wenn man sich Gertrude vorstellt, sollte man zuerst an eine Krüppelkiefer denken. Sie ist schief und krumm und besorgt. Ihre Arme hängen herab und ihr Kinn und ihre Nase und jedes einzelne Haar. Die Haare muss man sich wie klebrige und gleichzeitig trockene Spaghetti von vorvorgestern vorstellen. Und wie Regenwürmer: Die Spaghetti-Haare liegen auf Gertrudes Kopf wie müde Regenwürmer auf einer nassen Sommerstraße. Ihr Gesicht hat Gertrude sich fröhlich gemalt, mit einem breiten Grinse-Mund über ihren schmalen Lippen. Aber ihre Haut ist fahl wie Februarregen. Und dann die Augen: Nelli bildet sich ein, dass sie darin einen Nebelwirbel erkennen kann. Aber ein Nebelwirbel in den Augen, das kann doch eigentlich nicht sein …
Im Arm hält Gertrude einen Ordnungshahn. Als Nelli genauer hinsieht, entdeckt sie die Krone auf seinem Kopf. Sie erschrickt: Das ist der Ordnungshahn, der mit Jupiter gere-

det hat! Gertrude stopft dem Hahn immer wieder graue Kügelchen in den Schnabel. Der Hahn schluckt und schluckt und schluckt. Einerseits tut der Hahn Nelli leid, aber andererseits ist sie auch froh, dass er mit dem vollen Schnabel keine Chance hat, Gertrude etwas von Nelli und Jupiter zu erzählen.

»Das ist der Oberordnungshahn«, sagt Henri leise. »Gertrude und er sind so was wie ein Team. Er sagt den anderen Hähnen, wie sie die Ordnung zu bewahren haben.«
Nelli muss schlucken. »Vielleicht solltest du dich lieber nicht so oft mit ihm treffen«, flüstert sie Jupiter zu.
Aus dem Rucksack kommt ein Grunzen.
»Jupiter sagt, dass ihm dann das Herz zerreißen würde«, übersetzt Henri. »Was meint er damit?«
»Jupiter hat sich verliebt«, sagt Nelli.
»Oh ja«, sagt Henri mitleidig. »Das kann einem wirklich das Herz zerreißen.«
»Weitergehen!«, flüstert Laura hinter ihnen. »Ihr müsst unbedingt weitergehen, du fällst doch sonst auf, du bist doch so nicht mehr unsichtbar!«
Aber Nelli kann nicht weitergehen. Sie will nicht, dass der Oberordnungshahn Gertrude von Jupiter und ihr erzählt, dass Gertrude denkt, sie seien geheime Eindringlinge, gefährlich oder böse. Nelli muss dem Hahn zuvorkommen. Sie muss mit der Bürgermeisterin sprechen, alles erklären. Sie muss zu Gertrude, die alle Regeln macht und alle Verbote. Gertrude, die ganz sicher den Nebel versteht. Gertrude, die vielleicht weiß, wo Ava ist. Nelli muss sofort mit ihr sprechen. Jetzt und unbedingt.
Sie stolpert den kleinen Hügel hoch, der sich links und rechts der Kreislaufstrecke gebildet hat. Wenn sehr viele Menschen sehr lange immer den gleichen Weg entlanglaufen, dann entsteht da nämlich irgendwann eine Vertiefung.
»Was machst du?«, flüstert Henri. Er klingt sehr ängstlich.

»Ich muss mit ihr sprechen«, sagt Nelli. »Wegen Mama!«
Jemand packt Nelli am Rucksack, zieht sie in die Vertiefung und schiebt sie vor sich her, in den Rhythmus zurück, ins TOCK-TECK.
»Nichts musst du!«, krächzt Laura. »Du bleibst hier!«
Nelli will sich nicht rumkommandieren lassen. Dazu hat Laura kein Recht. Auch wenn sie Nellis Patin ist. Nelli reißt sich los und versucht erneut, aus dem Fluss der Kreislaufenden zu kommen.
»Nelli«, flüstert Henri. »Bitte nicht!« Er sieht Nelli flehend an. Er will wirklich und auf keinen Fall, dass Nelli zu Gertrude geht.
»Warum nicht?«, fragt Nelli. »Was ist daran so schlimm?«
Henri zögert.
»Ich MUSS mit Gertrude reden« sagt Nelli. »Sie kann mir bestimmt helfen, meine Mama zu finden.«
Laura seufzt. »Sag es ihr endlich, Henri!«
Henri flüstert irgendwas.
»Lauter«, sagt Laura.
»Gertrude kann dir nicht helfen. Niemand kann das. Verschwunden ist verschwunden. Wenn du mit Gertrude redest, dann wird nur der Nebel noch dichter und alles noch schlimmer, und du verschwindest und ich und alle.«
Passenderweise taucht genau in diesem Moment eine kleine Nebelwolke über Henris Kopf auf.
»Siehst du«, sagt Laura vorwurfsvoll. »Das passiert, wenn man Blödsinn macht.«
»Ich will doch gar keinen Blödsinn machen, ich will meine

Mama zurück!«, sagt Nelli. Sie ist kurz davor, zu weinen. Aber Laura soll nicht sehen, wie schlecht es Nelli geht. Und die anderen Menschen auch nicht. Nicht mal Henri.
»Gibt es ein Problem?«, fragt Henris Papa. Er zieht die Kinder zur Seite und sieht sie besonders streng an. Streng und ein kleines bisschen ängstlich, stellt Nelli verwundert fest.
»Ihr geht zu langsam«, sagt der längste und dünnste der drei Wächter.
»Das gefährdet den Ablauf«, sagt der kleinste und dickste der drei Wächter. »Wer stehen bleibt, fängt an, sich dumme Gedanken zu machen.«
»Genau«, sagt Henris Papa. »Lauft bitte weiter!«
»Aber«, sagt Nelli.
»Nichts *aber*«, sagen die drei Wächter wie aus einem Mund. »*Aber* gibt es nicht, *aber* wurde vor langer, langer Zeit ein für alle Mal abgeschafft.«
Nelli will widersprechen. Sie will sagen, dass *aber* ein Wort ist, das es sehr wohl gibt. Ein sehr wichtiges Wort, eins, das sie ziemlich oft benutzt.
Doch die Wächter haben recht: Das Wort ist weg. Das TOCKTECK ist zu laut. Nelli kann nicht mehr widersprechen, sie kann keinen Gedanken bis zu Ende denken. Nellis Gehirn vernebelt, und sie bekommt plötzlich richtig große Lust, weiterzulaufen. Im Rhythmus, im Takt, mit den anderen und möglichst unsichtbar.
»Komm«, flüstert die neblige Stimme ohne Körper. »Komm mit.«
Einmal denkt Nelli daran, dass sie Ava wiederfinden muss.

TOCK-TECK macht die Uhr.
TOCK-TECK, TOCK-TECK, TOCK-TECK.
Nelli reiht sich zwischen den Kreisläufern ein.
»Das mit dem Rhythmus lernst du ganz schnell«, flüstert Henri. Er klingt sehr erleichtert.
Und er hat recht. Die ersten Schritte stolpert Nelli, dann hat sie es raus. Man muss dem TOCK-TECK einfach genau zuhören. So genau, dass es in einen reinkriecht. Nicht nur in die Ohren, nicht nur ins Gehirn, sondern in den gesamten Körper.
Zusammen mit den anderen läuft Nelli im Kreis.
Runde um Runde um Runde.
Laura und Henri verschwimmen vor ihren Augen, Avas Gesicht verwischt in Nellis Erinnerung, und die Angst wird flüssig.
Nelli treibt in ihren Sorgen und Gedanken wie in einem sehr ruhigen Meer. Überraschenderweise fühlt sich das gut an. Weil Nelli nicht entscheiden muss, was sie als Nächstes tut. Weil sie einfach mitlaufen kann. Weiter und immer weiter und ohne Ziel.

NEUNZEHNTES KAPITEL

Das mit der Zeit und wie man aus der Reihe tanzt

Das mit der Zeit ist eine komische Sache. Manchmal macht die, was sie will. Zum Beispiel, wenn man spielt. Dann rennt die Zeit der Uhr davon. Dann ist es plötzlich viel später, als es sein kann. Und manchmal klebt die Zeit im Kalender fest. Das passiert Nelli oft in den letzten zwölf Monaten vor ihrem Geburtstag. Da hat sie das Gefühl, dass die Zeit morgens heimlich liegen bleibt und so tut, als wäre es noch nachts, noch der letzte Tag oder der vorletzte. Da fühlt sich die Zeit für Nelli müde an und faul.

In dem seltsamen Ort ist das mit der Zeit eine ganz besondere Sache. Sie spinnt hier auf ihre eigene Art. Nelli weiß bald nicht mehr, wie lange sie schon hier ist. Das passiert, weil jeder Tag gleich ist. Gleich wie der letzte Tag, gleich wie der nächste Tag. Gestern, morgen und heute brauchen hier keine eigenen Namen, man könnte sie ganz einfach alle *Gleich* nennen.

Jeden Morgen klettern Nelli und Henri unter dem riesigen Deckenberg hervor und essen mit Henris Eltern Grützschleim. Jeden Tag versammeln sie sich mit den anderen zur Morgengymnastik und gehen danach mit Laura, dem summenden Karl und den anderen Kindern zur Schule. Nelli

lernt, richtig leise zu sein, keinen Blödsinn zu machen und nicht aufzufallen. Nelli lernt, wie man unsichtbar ist.
Eigentlich ist alles in Ordnung. Wenn Jupiter nicht so unruhig wäre, wenn er nicht ständig an Nellis Hose ziehen würde, wenn er nicht so aufgeregt mit dem Ringelschwanz wackeln würde. Henri sagt, dass Jupiter sich freut, weil er hier sein kann. Dass Jupiter sehr begeistert darüber ist, wie gut Nelli sich unsichtbar macht. Aber Nelli hat das Gefühl, dass Henri ihr nicht ganz die Wahrheit sagt. Dass Jupiter irgendetwas von ihr will. Etwas Wichtiges. Nur was? Sosehr Nelli sich auch zu konzentrieren versucht, es fällt ihr nicht ein.
Bis zu dem Tag, der vielleicht ein Montag ist oder ein Donnerstag oder ein Sonntag. Nelli ist schon eine Woche in dem Ort, einen Monat oder ein halbes Jahr. So genau kann sie das nicht sagen. Sie hat ein bisschen den Überblick verloren, und ein bisschen ist es ihr auch egal.
Es ist ein Tag jedenfalls, an dem sich morgens noch nicht ankündigt, dass er ein besonderer ist: Henri und Nelli wühlen sich aus dem Deckenberg, würgen mit Henris Eltern Grützschleim hinunter, machen ihre Morgengymnastik und wandern zur Schule. Da lernen sie heute, wie man sehr leise spielt. Sehr leise spielen kann sehr langweilig sein. Nach der Schule gehen Nelli, Henri und Laura zum Kreislauf.
Und nach dem Kreislauf beginnt der Tag dann endlich, besonders zu werden. Normalerweise gehen die Kinder nach dem Kreislauf nämlich gleich zum Schaumbad nach Hause. Aber heute sagt Henri zu Nelli: »Soll ich dir mal den allerbesten Ort zeigen?«

Natürlich will Nelli den allerbesten Ort sehen.
Doch Laura schüttelt den Kopf. »Nie im Leben!«
»Oh bitte, Laura«, fleht Henri.
»Nein.«
»Bitte!!«
»Nein!«
»Ich trag auch einen ganzen Tag lang dein Regelbuch.«
»Das kann ich selbst tragen, ich bin eh viel stärker als du!«
»Bitte. Für Nelli. Damit sie sieht, dass es bei uns auch tolle Sachen gibt.«
Laura zögert, und Henri ergreift seine Chance.
»Du bist doch bestimmt auch stolz, oder? Immerhin lebst du am tollsten Ort!«
Laura muss grinsen, hält sich aber sofort erschrocken die Hand vor den Mund. Nelli versteht nicht. Wieso soll ausgerechnet Laura am allertollsten Ort wohnen? Laura wohnt bestimmt am allerordentlichsten Ort, und ganz sicher denkt sie auch, dass sie am allerbesten Ort wohnt. Aber warum findet Henri ihn am *allertollsten*? Gerade HENRI. Bei LAURA.
Nelli spürt, wie sich der Forschergeist in ihr wieder aufrappelt. Wie sie plötzlich wieder Lust auf Geheimnisse und Abenteuer bekommt. Wie sie neugierig wird.
»Bitte, Laura«, sagt Nelli. »Du bist doch meine Patin!«
Laura windet sich, ziert sich, und Nelli sieht, dass das echt ist. Laura tut nicht nur so. Aus irgendeinem Grund hat sie Angst davor, Nelli den allertollsten Ort zu zeigen.
Nelli macht noch einen letzten Versuch: »Wahrscheinlich weißt du gar nicht, wo der allertollste Ort ist, oder?«

»Na klar weiß ich das!«, ruft Laura wütend. »Kommt mit!«
Henri und Nelli grinsen sich an. Gut, dass Laura immer alles besser wissen will.
Nelli spürt etwas im Bauch, was sie lange schon nicht gespürt hat. Etwas, was kribbelt und flattert und hüpft, etwas wie eine sehr angenehme Aufregung.
Bis zum allertollsten Ort ist es nicht weit. Laura bleibt vor einem Haus stehen, das aussieht wie alle anderen: klein und schmal und schüchtern und traurig. Nelli ist ein bisschen enttäuscht. Aber sie weiß auch, dass man tollen Orten nicht immer sofort ansieht, wie toll sie sind.

»Das ist das *Café*«, haucht Henri andächtig. »Hier ist alles anders.«
»Wehe, ihr erzählt irgendwem was«, zischt Laura die beiden an, während sie ein schweres Schlüsselbund aus der Tasche holt und nach dem richtigen Schlüssel sucht.
»Wir erzählen nichts«, verspricht Nelli. Wem soll sie auch etwas erzählen?
Laura öffnet die Tür so vorsichtig, als könnte ein riesiger Löwe hervorspringen. Und vielleicht wohnt ja ein riesiger Löwe in dem Haus. Nelli kann sich gut vorstellen, dass das dann der allertollste Ort für Henri wäre: wenn es hier einen echten Löwen gäbe, der Henri Geschichten von *draußen* erzählt.
Vorsichtig tritt Nelli hinter Laura und Henri ein.
Hier ist es wirklich anders als in den Häusern, in denen sie bisher war. Zum Beispiel ist das Licht, das durch die Gardinen fällt, schummrig und weich, und ein paar Staubkörner

tanzen darin. Normalerweise gibt es in dem seltsamen Ort keinen Staub. Und hier fehlt einem Stuhl ein halbes Bein, entdeckt Nelli einen Fleck auf dem Flickenteppich, huscht eine Maus eilig davon, als die Kinder den Raum betreten. Nelli streicht mit dem Finger über einen kleinen goldenen Kompass, der auf einem Tischchen neben der Tür liegt. Vorsichtig nimmt sie ihn in die Hand. Sie muss an Eric denken. Seemänner haben Kompasse. Vielleicht schaut Eric genau in diesem Moment auf irgendeinem der Meere auf seinen Kompass und fragt sich, in welcher Himmelsrichtung er Nelli und Ava finden kann.

Nordostsüdwest zeigt der Kompass in Nellis Hand an. Die kleine Nadel dreht sich wie ein Windrad. Als wenn dieser Ort jenseits der Welt wäre, denkt Nelli. Irgendwo, wo nur der Nebel herrscht.

»Komm, Nelli!«, ruft Laura ungeduldig.

Nelli legt den kleinen Kompass zurück und geht zusammen mit Henri und Laura zu einem der kleinen runden Tische. Auf dem Tisch liegt eine rot-weiß karierte Tischdecke. Auch Tischdecken gibt es in dem Ort sonst nicht. Nelli fühlt sich ganz feierlich, wegen der Tischdecke und dem Staub und so. Das Beste ist: Mitten auf dem Tisch steht ein silberner Kerzenleuchter, und darin steckt … eine BRENNENDE KERZE!

»Eine brennende Kerze«, haucht Henri beeindruckt.
»EINE BRENNENDE KERZE!«, brüllt Laura. Sie klingt wie ein Wildschwein mit Zahnschmerzen. »Papa!«, brüllt Laura.
»Lauralein«, sagt jemand hinter Nelli. Nelli dreht sich um. Da steht Lauras Papa. Er ist sehr groß und hat einen kugelrunden Bauch. Den Bauch sieht man besonders gut, weil Lauras Papa darüber eine Schürze trägt, und die Schürze ist viel zu eng. Lauras Papa hat knallrote Haare. Nicht mal drei Schichten des schmierigen Gels können das verbergen.
»Wie schön, dass du deine Freunde mitgebracht hast, wir haben gleich eine Kerze angemacht, als wir euch an der Tür …«
»Das sind nicht meine Freunde!«, unterbricht Laura ihn. »Wir gehen nur zusammen in die Schule.«
Nelli sieht, wie Henri schluckt.
»Was ist denn, Schätzchen?«, fragt eine kugelrunde Frau, die jetzt neben dem kugelrunden Mann auftaucht. Nelli weiß sofort, dass das Lauras Mama ist. Sie hat nämlich auch so eine kreisrunde Brille wie Laura und eine ganz genau gleich spitze Nase.
Laura zeigt stumm auf die Kerze.
»Schön, nicht wahr?«, sagt Lauras Papa. Er und Lauras Mama sehen sich verliebt an.
Nelli muss plötzlich an Ava denken. Und an Eric. Sie ist sich ganz sicher, dass die sich auch so angeguckt haben.
»Nein!«, sagt Laura. »Das ist gar nicht schön, das ist gefährlich und verboten!« Sie pustet die Kerze mit einem Atemstoß

aus. Dann drückt sie den Lichtschalter. Grelles Licht flutet den Raum. Nichts ist mehr schummrig und anders und feierlich, der Raum ist jetzt nur noch ein ganz gewöhnlicher Raum. Einer, wie man ihn überall findet in dem seltsamen Ort.

Immerhin gibt es noch die rot-weiß karierte Tischdecke, denkt Nelli.

Aber kaum hat sie den Gedanken zu Ende gedacht, da ist auch schon Laura zurück und zieht die Tischdecke vom Tisch.

»Wenn die runterrutscht, landet das ganze Essen auf dem Boden«, sagt sie und sieht ihre Eltern grimmig an. Grimmig und ein bisschen verzweifelt.

»Lauras Eltern sind schwierig«, flüstert Henri Nelli zu.

Nelli findet Lauras Eltern toll, aber das sagt sie Henri lieber nicht.

»Meine Eltern sind gar nicht schwierig«, zischt Laura in Henris Richtung. »*Du* bist schwierig!«

»Stimmt ja gar nicht!«, zischt Henri zurück.

»Doch!«, zischt Laura.

»Gar nicht!«, zischt Henri.

»Kinderchen«, ruft Lauras Mama. »Wie wäre es mit etwas Grützschleim?«

Nelli ist sehr dankbar, dass Lauras Mama den Streit unterbrochen hat. Und gleichzeitig ist sie enttäuscht, dass es auch hier nur Grützschleim gibt.

Aber als Lauras Papa die große Grützschleimschüssel auf den Tisch stellt, ist Nelli begeistert. Lauras Eltern sind Künstler. Mindestens! Aus dem klebrigen Schleim haben sie einen

Turm gebaut. Einen Leuchtturm! Und oben aus dem Leuchtturmfenster winkt ein Schwein. Ein Schwein mit Pilotenmütze. Ein Schwein, das aussieht wie Jupiter.

»Genial!«, rufen Nelli und Henri wie aus einem Mund.

»Oh nein«, seufzt Laura. »Das darf man doch nicht.«

»Mach dir nicht immer so viele Sorgen, mein Lauralein«, sagt Lauras Papa und streicht Laura über das angeklatschte Haar.

»Einer muss sich in dieser Familie ja die Sorgen machen«, murmelt Laura mürrisch.

Ihre Eltern nicken betreten.

»Herzlich willkommen, Nelli«, sagt Lauras Papa. Er klingt traurig.

»Wir freuen uns sehr, dass du bei uns Gastschülerin bist«, sagt Lauras Mama. »Laura hat schon viel von dir erzählt.«

»Stimmt ja gar nicht«, sagt Laura. »Nur ein ganz kleines bisschen.«

»Ich freue mich auch«, sagt Nelli. Obwohl sie nicht so genau weiß, ob das stimmt. Schließlich gibt es immer noch keine Spur von Ava, ist sie immer noch weg und wird es auch bleiben, wenn Nelli nicht bald eine sehr, sehr gute Idee hat.

»Früher hatten wir immer ganz viele Gäste«, sagt Lauras Mama.

»Da war das hier noch ein richtiges Café«, sagt Lauras Papa. »Es gab Musik, und alle haben durcheinandergeredet, und wir hatten eine Speisekarte mit dreißig verschiedenen Gerichten. Es gab sogar Schokoladenkuchen.«

»Schokoladenkuchen«, wiederholt Henri verträumt.

»Aber ihr könntet das Café doch wieder aufmachen!«, ruft Nelli. »Der Grützschleim ist super, ich wette, hier wäre es immer voll! Alle würden kommen!«

Lauras Eltern schütteln traurig ihre Köpfe.

»Niemand würde kommen«, sagt Lauras Papa. »Cafés sind verboten. Und Schokoladenkuchen. Und Kerzen. Und Zusammensitzen und Durcheinanderreden.«

Nelli nickt. Das hätte sie sich denken können.

»Deine Brille, Mama«, sagt Laura. Sie nimmt ihrer Mama die verschmierte Brille von der Nase und beginnt sie zu putzen.

»Wenn wir dich nicht hätten, Lauralein«, sagt ihre Mama.

»Heute machen wir eine Ausnahme für euch«, sagt Lauras Papa. »Zwar gibt es keinen Schokokuchen, aber wir haben ein bisschen mit dem Grützschleim experimentiert.«

»Experimentieren ist verbo...«, fängt Laura an, verstummt dann aber.

Lauras Papa verteilt den Grützschleimleuchtturm auf den Tellern. Die einzelnen Portionen sehen jetzt aus wie kleine Boote.

»Guten Appetit«, sagt er mit einem merkwürdigen Grinsen.

Nelli fragt sich, warum Lauras Papa grinst. Beim Grützschleimessen gibt es eigentlich nichts zu lachen. Aber beim ersten Löffel Grützschleim weiß sie es. Dieser Grützschleim schmeckt anders. Nicht glibberig, matschig und so langweilig wie eine Schulstunde Leisesein, sondern würzig und süß und abenteuerlich.

»Zimt, Nelken, Kardamom und ein Hauch Ahornsirup«, sagt Lauras Papa zufrieden. »So rutscht es schon besser, was?«

Nelli und Henri grinsen, und sogar Laura beschwert sich nicht über die garantiert streng verbotenen Grützschleimzutaten.
Die Kinder essen schweigend, Jupiter unter dem Tisch frisst schmatzend. Durch die Wände des Cafés hört Nelli das Tocken der Uhr nur schwach. Es ist leiser als sonst.
Vielleicht ist es das. Oder es sind die Gewürze im Grützschleim. Auf jeden Fall hat die Sehnsucht nach Ava plötzlich wieder sehr viel Platz in Nelli. Die Sehnsucht nach Ava und das Gefühl, dass es so nicht weitergehen kann. Das alles.
»Das kann so nicht weitergehen!«, ruft Nelli und haut mit der Faust auf den Tisch. Die Teller fliegen in die Luft, der Kerzenständer fällt um.
»Pst«, macht Laura.
»Nein!«, sagt Nelli. Sie ist selbst ein bisschen erschrocken über das Auf-den-Tisch-Hauen. Aber das musste sein.
»Bitte«, flüstert Henri.
»Nein«, sagt Nelli. »So geht das nicht mehr weiter!«
Vom Herd her klatschen Lauras Eltern vorsichtig Beifall.
»Ab jetzt wird nicht mehr gehorcht«, sagt Nelli. »Ab jetzt forsche ich!«
Und da werden Laura und Henri so blass wie der Grützschleim bei Henris Eltern.
Es ist ein besonderer Tag.
Es ist der Tag, an dem Nelli beschließt, etwas zu ändern.

DRITTER TEIL:

GEHEIMNISSE

Es gibt Geheimnisse, die sind extra geheim.
Weil es besser ist, wenn niemand was weiß.
Die Frage ist nur, wer das entscheiden darf, dass es so besser
ist, dass bestimmte Geheimnisse geheim bleiben müssen.
Es kommt ja auch auf das Geheimnis an.

(Laura)

ZWANZIGSTES KAPITEL

Wie das mit dem Forschen funktioniert

Henri starrt Nelli fasziniert an, Laura schimpft sofort los: »So geht das nicht, Nelli! Absolut nicht. Du darfst auf keinen Fall forschen! Und du musst auf jeden Fall unsichtbar bleiben.«
Henri nickt eifrig.
Aber so leicht lässt Nelli sich nicht von ihrem neuen Plan abbringen. »Ich muss meine Mama finden.«
Henri schluckt, Laura stöhnt.
»Du wirst deine Mama nicht finden. Niemals. Wer weg ist, ist weg. So ist das.«
Nelli springt auf. »Du bist eine dumme Kuh! Und du hast keine Ahnung, von gar nichts!«
Im selben Moment tut es ihr leid. Das war gemein. Aber Laura war auch gemein. Natürlich kann Nelli Ava wiederfinden!
Nelli starrt Laura böse an, Laura starrt böse zurück.
Henri räuspert sich schüchtern. »Ich finde, dass das nichts bringt.«
»Was?«, fragen Nelli und Laura wie aus einem Mund.
»Na das. Dass ihr so blöd zueinander seid. Ich mein ja nur. Bringt ja nix. Hilft ja nix.« Henri löffelt weiter seinen Grützschleim.

Laura und Nelli sehen einander an. Sie müssen grinsen. Henri hat recht. Bringt ja nix. Die beiden setzen sich wieder. Eine Weile sagen sie nichts. Nelli sieht zum Fenster. Da steht Jupiter und sieht in den Himmel. Im Himmel fliegen die Hähne.
»Wenn Nelli forschen will, dann helfe ich ihr«, sagt Henri plötzlich und lässt den Löffel auf den Teller fallen.
»Du spinnst wohl!«, ruft Laura.
»Kann sein«, sagt Henri. »Aber das ist mir egal.«
»Super!«, ruft Nelli. Laura sieht sie schon wieder wütend an.
»Und wenn wir deine Mama wiederfinden und den Bus, dann nehmt ihr mich mit nach draußen, oder?«, fragt Henri.
Jetzt ist Nelli überrascht. »Aber was ist mit deinen Eltern? Die sind doch traurig, wenn du weg bist.«
Henri schüttelt den Kopf. »Glaub ich nicht. Die kümmern sich doch eh nur um ihre Regeln.«
»Wir könnten deine Eltern auch mitnehmen«, schlägt Nelli vor.
»Die würden hier nie weggehen. Die mögen das, das mit dem Nebel und so.«
Nelli nickt. Insgeheim denkt sie, dass Henri sich das bestimmt noch mal überlegen wird. Das mit dem Weggehen, ohne seine Eltern.
»Meine Mama hat mich ins Wolkentafelzimmer geschickt«, sagt Henri leise.
Nelli legt ihm einen Arm um die Schulter. Mehr kann sie nicht tun. Sie weiß nicht, was sie sagen soll. Dass Henris Mama ihn ins Wolkentafelzimmer geschickt hat, das ist wirk-

lich unglaublich. So unglaublich, dass sogar Laura nichts einfällt, was sie sagen kann.

Henri macht ein fröhliches Gesicht. »Und wie geht das, das mit dem Forschen?«

Nelli überlegt. »Na ja, wir müssen irgendwo anfangen und irgendwo weitermachen.«

Henri nickt. »Das klingt logisch.«

»Aber auch ein bisschen vage«, sagt Laura. Sie ist immer noch beleidigt, das hört man und das sieht man.

»Was ist denn bitte *vage*?«, fragt Nelli.

Laura ist sofort viel besser gelaunt. Sie liebt es, Sachen zu erklären. »Vage ist, wenn man eigentlich keine Ahnung hat!«

Leider hat Laura recht mit ihrem oberschlauen *vage*. Nelli hat tatsächlich keine Ahnung, wo sie mit dem Forschen anfangen soll.

»Jupiter!«, ruft Henri plötzlich, mitten in Nellis Ratlosigkeit hinein.

Er zeigt aufgeregt zur Tür. Dort verschwindet gerade Jupiters Ringelschwanzspitze. Wahrscheinlich ist ihm zu langweilig geworden. Kein Wunder, wenn man stundenlang herumsitzt, kann sogar das geduldigste Schwein ungeduldig werden. Und Jupiter ist ganz bestimmt nicht das geduldigste Schwein.

Nelli und Henri springen auf und laufen Jupiter hinterher.

»Laufen ist verboten!«, sagt Laura leise, aber Nelli und Henri achten gar nicht auf sie, sie müssen Jupiter wieder einfangen. Bevor ihn irgendwer entdeckt.

EINUNDZWANZIGSTES KAPITEL

Der Geruch von Geheimnissen

Nelli und Henri stehen vor dem Café und sehen sich um. Keine Spur von Jupiter. Zum Glück sind alle anderen schon beim Schäumen.

»Was ist, wenn er auch verschwunden ist?«, fragt Nelli leise.

Henri schüttelt den Kopf. »Wir finden ihn!«

Tatsächlich hören sie jetzt ein leises Grunzen.

»Da lang!«, ruft Henri und biegt in eine schmale Straße ab. Nelli folgt ihm. Im Zwielicht sieht sie Jupiter. Er ist ihnen um fünf Schweinelängen voraus. Er hört nicht auf Nelli, als sie nach ihm ruft. Jupiter hat zwar große Ohren, aber die kann er sehr gut zuklappen.

Nelli und Henri laufen weiter die Straße hinunter. Vor ihnen biegt Jupiter ab, läuft durch ein kunstvoll verschnörkeltes Tor. Und dann stehen sie vor dem garantiert traurigsten Haus der Welt. Es sieht aus, als würde es vor lauter Traurigkeit gleich zerfließen.

»Das Rathaus«, flüstert Henri. Er ist tief beeindruckt und ziemlich aus der Puste.

Nelli denkt, dass das Rathaus eigentlich *Ratlosigkeitshaus* heißen sollte. Es sieht nämlich wirklich ratlos aus. Mit hängenden Fensterläden und bröckelndem Putz. Das Haus sieht aus,

als wäre es sehr müde, als hätte es zu nichts mehr Lust und dabei keine Ahnung, was mit ihm passiert.
»Wir müssen hier sofort weg«, sagt Henri. »Das Rathaus ist strengstens verboten. Es ist sozusagen am verbotensten.«
Nelli nickt. Sie müssen ja nicht gleich am verbotensten Ort forschen. Aber Jupiter kümmert sich nicht um Verbote, er läuft weiter, hinter das Haus. Nelli zögert einen Moment, dann folgt sie ihm. Henri ist dicht hinter ihr. Nelli ist sehr froh, dass es in diesem seltsamen Ort jemanden wie Henri gibt. Jemanden, auf den man sich wirklich verlassen kann.
Hinter dem Haus liegt ein verwilderter Park. Die Hecken sind zu Hunden, Katzen und Löwen geschnitten. Anscheinend hat sich lange niemand mehr um die Heckentiere gekümmert. Ihr Fell ist lang und wild. Die Hunde sehen so müde aus wie das Rathaus, die Katzen träge, die Löwen grimmig.
»Wunderschön«, murmelt Nelli.
»Und ein bisschen gruselig«, flüstert Henri.
Hinter einem der Löwen grunzt es. Lang und quietschend. Irgendwas muss passiert sein, so grunzt Jupiter sonst nicht. Nelli stürzt um den Löwen herum und prallt fast gegen die fahle Wand des Rathauses. Jupiter ist verschwunden. Nelli hat sofort einen Riesenkloß im Hals. Einen Riesenkloß mit Stacheln. Jetzt ist auch noch Jupiter weg. Und Nelli ist schuld, weil sie nicht richtig auf ihn aufgepasst hat.
»Hast du ihn?«, fragt Henri.
Nelli schüttelt den Kopf. Sie kann es nicht aussprechen, das schreckliche Wort. VERSCHWUNDEN, denkt Nelli.
Henri nickt. Vielleicht kann er Gedanken lesen.

Bedrückt lässt Nelli sich auf den Boden fallen. Henri setzt sich neben sie. Als Nelli sich an die Hauswand lehnt, spürt sie es. Da ist etwas. Es sticht sie in den Rücken. Nelli sieht sich die Wand genau an. Da ist ein kreisrundes Loch. Eiskalte Luft strömt ihr daraus entgegen.

Nelli nimmt all ihren Mut zusammen und fasst hinein. Sie hat eine Gänsehaut, aber das ist egal. Nelli muss jetzt mutig sein. Sie tastet in die kalte Dunkelheit. Ihre Finger stoßen an etwas Hartes. Ein Rohr.

»Und?«, fragt Henri gespannt.

»Moment«, sagt Nelli. Sie kramt in ihrem Forscherrucksack und zieht die Lampe heraus. Fasziniert beobachtet Henri, wie sie die Lampe auf dem Kopf befestigt und anschaltet.

»Ihr da draußen habt so wundervolle Sachen«, flüstert Henri hingerissen.

Nelli leuchtet in das Rohr hinein. Das Licht reicht nicht weit, aber weit genug. Nelli sieht, dass das Rohr steil in den Rathauskeller fällt. Dass es eine Biegung macht. Dass das Rohr gerade breit genug ist für ein Kind. Und Nelli hört, ganz leise und von sehr weit weg: ein Quieken.

Nelli dreht sich zu Henri um. »Ich geh da jetzt rein!«

Henri sieht sie völlig entgeistert an.

»Es ist dunkel und kalt, aber das ist nicht so schlimm«, sagt Nelli. »Jupiter ist da unten, und ich muss ihn zurückholen!«

»Aber das ist viel zu gefährlich«, sagt Henri.

»Trotzdem«, sagt Nelli. »Kommst du mit?«

Henri sieht aus, als hätte ihn einer der grimmigen Heckenlöwen gebissen.

»Ich würde vor Angst sterben«, sagt Henri.
»Nein«, sagt Nelli entschlossen, obwohl sie sich nicht ganz sicher ist. »Würdest du nicht. Ich bin nämlich bei dir.«
Henri überlegt. Er schüttelt den Kopf, er nickt, er schüttelt den Kopf. So geht das ungefähr zehn Minuten weiter. So geht das, bis Laura auftaucht.
»Das solltet ihr nicht tun«, sagt sie. »Wenn ihr das tut, verschwindet ihr hundertprozentig.«
»Also los«, sagt Henri. Er klingt plötzlich sehr entschlossen. Dabei ist er ziemlich weiß um die Nase.
»Bitte nicht«, sagt Laura.
»Das ist *unser* Abenteuer«, sagt Henri und sieht Laura herausfordernd an. »Da musst du dich gar nicht einmischen.«
»Du traust dich ja eh nicht«, sagt Laura schwach. »Du hast viel zu viel Angst.«
»Wirst du ja sehen«, sagt Henri.
Nelli schiebt ihre Beine in das Loch. Sie stellt sich vor, dass die Röhre eine Wasserrutsche ist. Das hilft. Henri setzt sich hinter Nelli. Fest umklammert er ihren Bauch. Armer Henri, er kennt bestimmt keine Rutschen. Für ihn ist die Röhre einfach nur eine dunkle, kalte und glitschige Röhre.
»Wir zählen rückwärts von drei«, sagt Nelli. »Und dann rutschen wir, o.k.?«
Henri stottert etwas, das vielleicht »O.k.« heißt, aber vielleicht auch »Oh nee«.
Zusammen zählen sie laut: »Drei, zwei, eins …«
Und dann rutschen sie und fallen und schreien und landen und rutschen weiter, und dann kommt eine scharfe

Rechtskurve und dann eine lange Linkskurve und ein kleiner Huckel, und sie fallen schon wieder und rutschen, und dann …

… spuckt sie die Rutsche aus. Hinein in einen sehr tiefen, sehr weichen Teppich und in eine merkwürdig warme Dämmerung.

»Bin ich noch da?«, fragt Henri leise.

»Ich glaube schon«, sagt Nelli. »Und ich?«

Sie fühlt, wie Henri mit seiner kalten Hand ihre Hand nimmt und fest drückt. »Ich glaube schon«, sagt er. »Ich glaube, uns gibt es noch.«

Und dann fangen Nelli und Henri sehr laut an zu schreien und zu kreischen. Nicht aus Angst, sondern weil es wirklich schön ist, wenn man noch da ist. Und weil so eine rasend schnelle, abgrundtiefe Rutschpartie im Nachhinein auch ziemlich viel Spaß macht.

»Wir waren sehr mutig«, sagt Henri, als sie fertig sind mit Schreien.

»Das kann man wohl sagen«, sagt Nelli.

Irgendwo im Halbdunkel grunzt Jupiter. Nelli erinnert sich daran, warum sie eigentlich hier unten sind. Nicht wegen der Rutsche, sondern weil sie das Schwein retten wollen.

»Da lang«, flüstert Nelli und zeigt in die Richtung, aus der das Grunzen kam.

Es ist ziemlich schwierig, in dem tiefen Teppich voranzukommen. Die Fransen reichen ihnen bis über die Knie, es ist, wie wenn man in sehr tiefem Schnee geht. Nur viel wärmer.

»Früher hat Gertrude hier gewohnt«, erzählt Henri. »Ihr Ur-

ururopa war auch schon sehr ängstlich, der hat die Teppiche weben lassen. So kann man nicht hinfallen.«
Nelli stellt sich vor, wie Gertrude sich einsam durch die hohen Teppiche schiebt, wie sie wahrscheinlich nur selten Lust hatte, rauszugehen, weil der Weg bis zur Tür so mühsam war.
»Gertrude muss sehr einsam gewesen sein«, sagt Nelli.
Henri nickt, dann fällt ihm etwas ein: »Aber damals gab es immerhin noch den Bürgermeister.«
»Damals?«
Henri denkt nach. »Stimmt. Komisch. Darüber habe ich noch nie nachgedacht. Wo ist der eigentlich geblieben?«
»So ein Bürgermeister verschwindet doch nicht einfach«, überlegt Nelli laut.
Henri sieht sie ernst an. »Doch. Hier verschwindet man. Auch ein Bürgermeister. Das ist ja das Problem.«
Henri ist ganz aufgeregt, und Nelli tut es leid, dass sie über das Verschwinden geredet hat. Zum Glück quiekt in diesem Moment jemand in der Ferne.
»Jupiter!«, ruft Henri.
Sie folgen dem Quieken. Mühsam kämpfen sie sich durch den Teppich, mehrere Gänge entlang und eine Treppe hinauf. Hier gibt es große Fenster mit Vorhängen, die so schwer sind, dass Nelli und Henri sie auch gemeinsam nicht bewegen können. Durch haarfeine Spalten sickert trübes Licht in das Rathaus. Und so wird aus dem Dämmerlicht ein Schummerlicht und aus dem Schummerlicht ein blaues Zwielicht.
»Ein Licht, in dem sich Geheimnisse verstecken«, sagt Nelli, die sich mit so was auskennt.

»Genau«, sagt Henri. Weil man sich nämlich nicht auskennen muss mit Geheimnissen, um zu wissen, dass sich hier eines verbirgt. Das spüren die beiden bei jedem ihrer schweren Schritte.

Als sie das Ende der Treppe erreicht haben, sehen sie einen neuen Gang. Vom Ende des Ganges her quiekt es wieder. Da muss Jupiter sein. Nelli und Henri fangen an zu rennen. Die Fransen des Teppichs winden sich um ihre Beine wie schleimige Schlingpflanzen, wollen sie aufhalten, aber Nelli und Henri lassen sich nicht stoppen.

Und dann haben sie Jupiter erreicht. Nelli schließt ihn sofort in die Arme, und Henri umarmt Nelli und das Schwein. Aber er lässt sofort wieder los. Henri sieht verlegen aus, und Nelli fragt nicht, warum.

»So was darfst du nie wieder machen, Jupiter«, sagt Nelli möglichst streng. Nelli kann nicht so gut streng sein. Das hat sie wahrscheinlich von Ava.

Jupiter leckt Nellis Gesicht ab und grunzt.

»Er sagt, er will jemanden besuchen«, übersetzt Henri.

»Den Oberordnungshahn?«, fragt Nelli vorsichtig. Vielleicht hat Jupiter Sehnsucht nach ihm. Als Nelli verliebt war und wegmusste, hatte sie jedenfalls ständig Sehnsucht. Fast drei Wochen lang, dann wurde es besser.

Jupiter schüttelt den Kopf.

»Wen dann?«, fragt Nelli.

»Wir sollen die Tür öffnen«, übersetzt Henri.

Jupiter nickt.

Zögernd sehen Nelli und Henri die große hölzerne Tür an, zu

der Jupiter sie geführt hat. Der Geruch nach Geheimnis ist jetzt so stark, dass man Angst bekommen kann.
»Na ja«, sagt Nelli. »Wo wir ohnehin schon mal hier sind …«
Henri nickt.
Gemeinsam greifen sie nach dem großen Griff. Der Griff hat die Form einer Eule. Der Griff ist rostig. Der Griff ist lauwarm, so als würde die Eule leben.
Henri und Nelli sehen einander an, dann drehen sie den Griff nach rechts. Es quietscht, es ruckelt, es klickt. Die Eule öffnet ihren eisernen Schnabel.
Und dann kommt das Wasser.

ZWEIUNDZWANZIGSTES KAPITEL

Das Gespenst

Ein Schwall Wasser stürzt auf Nelli, Henri und Jupiter hinab, ergreift sie und zieht sie mit sich, den Gang hinunter, auf die Treppe zu. Eine Sekunde bevor sie die Stufen hinuntergespült werden, gelingt es Nelli, sich an einem Pfeiler festzuhalten. Sie streckt die Hand nach Henri aus, der kämpft gegen die Wellen an und schafft es, Nellis Hand zu erreichen.

»Jupiter!«, brüllt Nelli gegen das Tosen des Wassers an.

»Ich hab ihn!«, brüllt Henri zurück.

Tatsächlich klemmt Jupiter unter seinem Arm und sieht gar nicht so unzufrieden aus. Das Schwein liebt Wasser. Zusammen mit Nelli hat Jupiter sogar sein Silberabzeichen gemacht. Hier in den wilden Wellen des Rathauses ist Nelli sehr froh, dass sie den Bademeister dazu überreden konnte, Jupiter beim Schwimmunterricht mitmachen zu lassen.

Eine letzte Welle donnert über die Kinder hinweg, die Treppe hinab, dann liegen sie plötzlich auf dem nassen Teppich. Die durchweichten Fransen fühlen sich an wie schleimiger Seetang. Als Nelli vorsichtig aufsteht, quietscht das Wasser unter ihren Füßen.

Auch Henri richtet sich auf.

»Davon hat Jupiter allerdings nichts gesagt.«

Nelli und Henri sehen das Schwein vorwurfsvoll an. Jupiter klemmt den Ringelschwanz ein. Es tut ihm leid.
»Immerhin ist der Teppich jetzt nicht mehr so hoch«, sagt Nelli. »Wollen wir?«
Henri nickt.
Mit quietschenden und quatschenden Schritten gehen Nelli, Henri und Jupiter zurück zum Ende des Ganges. Die Tür steht jetzt weit offen, in einem schmalen Bach fließt immer noch Wasser aus dem Zimmer, und in dem Zimmer steht …
»Ein Gespenst«, flüstert Henri.
Nelli hat schon viel gesehen, aber noch nie ein Gespenst. Das Gespenst in dem kleinen Zimmer hinter der großen Tür ist also Nellis erstes Gespenst.
Erschrocken starren Nelli und Henri auf das Wesen hinter dem großen Schreibtisch. Erschrocken starrt das Gespenst auf die platschnassen Kinder in der Türöffnung. Es hat fahle, fast durchscheinende Haut und ampelrote, traurige Augen.
»Was …?«, flüstert das Gespenst mit wirklich gespenstischer Stimme.
»Wer …?«, flüstert Nelli.
»Woher …?«, flüstert das Gespenst und sieht Nelli mit wirklich gruselig großen Augen an.
»Wie bitte?«, fragt Nelli.
Das Gespenst antwortet nicht. Es ist sehr nervös. Ohne Pause lässt es eine goldene Kette durch seine Finger gleiten. Eine goldene Kette mit einem winzigen goldenen Amulett daran.
»Guck mal«, flüstert Henri Nelli zu und zeigt auf den Boden.

Jetzt weiß Nelli, wo das ganze Wasser herkam! Überall auf dem Boden liegen durchweichte Taschentücher.
»Du hast geweint«, sagt Nelli leise.
»Ziemlich lange und sehr viel«, flüstert Henri.
Das Gespenst nickt.
»Warum?«, fragt Nelli. »Können wir dir irgendwie helfen?«
Das Gespenst schüttelt traurig den Kopf. Seine Augen fangen an zu schwimmen.
»Bitte nicht mehr weinen«, flüstert Nelli. Sie hat Angst, dass sie dann mitweinen muss.
Jupiter stößt Nelli mit der Schnauze an und grunzt leise.
»Du sollst das Gespenst nach den Verschwundenen fragen«, sagt Henri.
Nelli zögert. Das Verschwinden ist bestimmt kein gutes Thema für ein so trauriges Gespenst. Aber es muss sein, Nelli muss fragen.
»Weißt du etwas über die Verschwundenen?«, fragt Nelli vorsichtig.
Das Gespenst schüttelt wie wild den Kopf. Aber Nelli kennt sich da aus: Wenn man so wild den Kopf schüttelt, dann weiß man meistens was.
»Wir müssen unbedingt wissen, wie das mit dem Verschwinden funktioniert«, sagt Nelli. »Ich muss meine Mama wiederfinden, Ava …«
Weiter kommt Nelli nicht. Das Gespenst stößt einen Schrei aus und schlägt die Hände vor das Gesicht. Es beginnt zu schluchzen. Kümmerlich und kläglich und jämmerlich und so bitterlich, dass die Tränen in alle Richtungen fliegen. Dem

Gespenst rutscht das goldene Amulett aus der zitternden Hand. Es fällt platschend auf den Boden und rollt vor Nellis Füße. Nelli hebt es auf, um es dem Gespenst wiederzugeben. Aber als sie ihre Hand ausstreckt, schreit Henri los: »Die Wächter!«

Nelli fährt herum. Da sind sie! Die drei Wächter. Sie kommen mit schnellen Schritten auf das Tränenzimmer zu. Und da ist noch eine vierte Person. Eine kleine, mit einer sehr großen Brille.

»Laura«, flüstern Nelli und Henri gleichzeitig.

Die Wächter schieben Laura vor sich her. Laura sieht zu Boden. Sie schämt sich, das ist eindeutig.

»Was sollen wir tun?«, fragt Henri. Er ringt verzweifelt die Hände.

Nelli überlegt. Sie versucht, schnell zu überlegen. Aber schnell überlegen funktioniert nicht, wenn sie sehr aufgeregt ist.

Also überlegt Nelli langsam.

Noch bevor sie fertig überlegt hat, flüstert Henri: »Der Notfallmechanismus! Wir müssen an den Schnüren ziehen!«

Nelli sieht sich um, sucht nach Schnüren, entdeckt sie an den dicken Uniformen der Wächter und nickt: Das hier ist eindeutig ein Notfall. Was immer der Notfallmechanismus auch bewirkt, jetzt ist der richtige Zeitpunkt.

Die Wächter kommen näher, Laura bleibt stehen. Der kleinste Wächter zieht sie weiter. Nur noch drei Schritte, dann haben sie Nelli und Henri erreicht.

»Drei, zwei, eins«, zählt Nelli leise.

Dann geht alles blitzschnell: Die Wächter strecken die Arme

nach den Kindern und Jupiter aus, Nelli und Henri ducken sich unter ihnen weg. Henri zieht die Schnur von seinem Papa, Nelli die vom größten Wächter, Jupiter mit seiner Schnauze die des kleinsten Wächters. Sofort beginnen die Uniformen der Wächter sich mit Luft zu füllen. Während sie mit Henri und Jupiter den Gang entlang zur Treppe rennt, hört Nelli die Wächter rufen.

»Hilfe!«, ruft Henris Papa.

»Ich fliege!«, ruft der größte Wächter.

»Mir wird schlecht!«, ruft der kleinste Wächter.

Nelli kann nicht anders, sie muss sich umdrehen. Es sieht super aus: Da schweben die drei Wächter wie riesige Ballons durch die Luft. Nelli würde das Fliegen großen Spaß machen, und Jupiter erst recht, aber die Wächter sehen nicht sehr begeistert aus.

»Komm mit!«, ruft Nelli Laura zu. Die steht immer noch staunend unter den fliegenden Wächtern und rührt sich nicht.

»Lass sie!«, ruft Henri. »Wir müssen hier weg!«

Nelli zögert. Sie will Laura nicht allein lassen an diesem seltsamen Ort, mit den garantiert wütenden Wächtern. Aber sie will auch nicht wieder im Wolkentafelzimmer landen. Nelli winkt Laura ein letztes Mal zu. Die steht, als würde sie am Boden festkleben. Nelli kann nicht anders. Sie läuft zurück zu Laura und schnappt sich ihre Hand.

»Wir müssen hier weg!«, ruft Nelli.

»Das ist verboten«, sagt Laura schläfrig. »Man darf nicht fliegen, und man darf nicht einfach so an den Reißleinen ziehen, und man darf vor allem nicht ins Rathaus!«

»Kann sein«, ruft Nelli. »Aber das ist jetzt egal! Komm!«
Sie zerrt Laura hinter sich her. Quietschend und quatschend stolpern die beiden den Flur entlang auf die Treppe zu.
»Schneller!«, ruft Henri ihnen entgegen. »Die Wächter kommen!«
Im Laufen sieht Nelli sich um. Tatsächlich! Die Wächter fliegen in ihre Richtung. Der größte Wächter und der kleinste haben zwischen sich ein Netz gespannt. Sie kommen näher!
»Sie wollen uns fangen«, flüstert Laura.
Nelli gibt sich einen Ruck und zieht Laura weiter hinter sich her. Henri streckt ihr die Hände entgegen. Gemeinsam schlittern die Kinder die Treppe hinab. Die letzten Stufen fallen sie, aber unten fängt sie der klitschnasse Teppich weich und klatschend auf. Mühsam rappeln sie sich hoch.
Die Wächter schweben schon fast über ihren Köpfen.
»Da lang!«, ruft Laura. Sie zeigt auf einen großen, schweren Wandbehang. Als sie näher kommen, erkennt Nelli darauf einen weit verzweigten Baum. Wo sonst die Blätter sind, stehen hier Namen. Mit rotem Garn wurden sie auf den Wandbehang gestickt. Nelli bildet sich ein, dort neben *Heinz-Hermann, Marianne, Notgar-Fürchtegott, Gertrude und Joachim* auch *Ava* zu lesen. Aber da muss sie sich irren, was sollte Mamas Name hier verloren haben? Laura beginnt, wie wild auf den Namen herumzudrücken.
»Alles in Ordnung mit dir?«, fragt Nelli vorsichtig. Sie hat Angst, dass Laura ein bisschen verrückt geworden ist.
Laura nickt hektisch. »Irgendwo muss es hier einen Knopf geben!«

Im Nacken spürt Nelli das Netz der Wächter.

»Beeil dich!«, ruft sie.

Laura drückt auf *Gertrude*. Es gibt ein schmatzendes Geräusch, und der Wandteppich schiebt sich zur Seite. Dahinter taucht eine Tür auf. Während das Netz langsam auf die Kinder herabsinkt, öffnet sie sich. Nelli zwängt sich durch den kleinen Spalt, zieht Henri hinter sich her, sieht, dass Laura zögert, und greift auch ihre Hand.

»Wir müssen hier weg!«, schreit Nelli.

Schwer atmend stürzen sie hinaus in das milchige Nebellicht des Ortes. Hinter ihnen schließt sich donnernd die Tür vor den fliegenden Wächtern. Erschöpft lehnen die Kinder an der klammen Wand des Rathauses.

»Pause, bitte!«, keucht Henri.

Aber die Tür öffnet sich schon wieder. Nelli hört, wie die Wächter hinter ihr keuchen und ächzen. Ohne ein Wort zu sagen, rennt Laura los. Die Tür stößt gegen Nellis Hand. Hastig schnappt sie sich Jupiter, und gemeinsam mit Henri folgt sie Laura. Die drei laufen, so schnell sie können. Weg vom Rathaus, hinein in die schmale Gasse, zurück in den seltsamen Ort. Und erst jetzt, im Laufen, bemerkt Nelli, dass sie das Amulett des weinenden Gespenstes noch immer in der Hand hält.

DREIUNDZWANZIGSTES KAPITEL

Das Amulett

Mit knallenden Schritten laufen Nelli und Henri die Gasse entlang, hinter Laura her, die eben um eine Ecke verschwunden ist. Eigentlich will Nelli sofort zurück, ins Rathaus. Sie muss dem Gespenst das Amulett zurückgeben. Nelli fürchtet, dass es sonst noch trauriger wird. Aber wenn sie zurückgeht, werden die Wächter sie auf jeden Fall erwischen. Dann sperren sie Nelli wieder ins Wolkentafelzimmer. Und ohne Laura und ihre Schreibmaschine sitzt Nelli da fest. Dann kann sie nicht weiter nach den Verschwundenen forschen. Dann sieht Nelli Mama nie wieder.

»Schneller!«, ruft Henri.

Nelli läuft schneller. Sie drückt das Amulett fest in der Hand. Sie wird darauf aufpassen, und sie wird es zurückgeben, irgendwann, wenn die Geheimnisse des Ortes gelüftet sind, wenn alles wieder gut ist. Aber jetzt nicht. Jetzt muss Nelli so schnell laufen wie noch nie zuvor in ihrem Leben. Die Hauswände werfen das Echo ihrer Schritte zurück. Es klingt wie Donner, es klingt gefährlich, und über sich hört sie das Kreischen der Ordnungshähne.

Als sie das Ende der Gasse erreichen, sehen Nelli und Henri sich ratlos um.

»Wo sollen wir hin?«, fragt Henri keuchend.
Nelli weiß es nicht. Das ist kein Ort, in dem es gute Verstecke gibt.
Jupiter grunzt aufgeregt.
Die Wächter sind da!
»Halt!«, ruft der kleinste Wächter.
»Weglaufen ist verboten!«, ruft der größte Wächter.
Nur Henris Papa sagt nichts. Er schwebt schweigend hinter ihnen in der Luft. Die anderen Wächter gucken grimmig, Henris Papa sieht ängstlich aus.
Und da ist noch etwas, was sie verfolgt. Etwas greift kalt nach Nellis Knöcheln. Sie sieht hinab. Der Nebel windet sich um ihre Beine, wie eine Hand greift er nach ihr. Wie eine Hand mit sehr langen Fingern. Nelli versucht, den Nebel abzuschütteln.
»Das hilft nichts!«, ruft Henri. »Wir müssen weiter!«
Nelli und Henri rennen. Wo sollen sie hin? Der Ort sieht aus, als würde niemand mehr hier leben. Nelli weiß, dass das nicht stimmt. Wahrscheinlich sind die Menschen beim Schäumen. Wie immer um diese Zeit.
Die Kinder laufen an den ängstlichen Häusern vorbei. Bis auf das TOCK-TECK der großen Uhr, bis auf ihre Schritte ist es ganz still. Aber die Wächter sind nicht mehr weit, der Nebel kriecht näher. Die Nebelhand wird zu einer Schlange, die Schlange windet sich hinter den Kindern her.
Als sie eine Hand an ihrem Arm spürt, schreit Nelli auf. Auch Henri und Jupiter kreischen.
»Pst«, flüstert Laura. »Sie dürfen euch nicht hören!«

Laura zieht Nelli und Henri durch eine kleine Tür in einen dunklen Flur.
Henri sieht Laura misstrauisch an. »Wo sind wir?«
Laura legt den Finger auf den Mund. »Kommt mit!«, flüstert sie.
Nelli will Laura folgen, aber Henri hält sie zurück.
»Was ist, wenn sie uns in eine Falle lockt? Wenn sie uns direkt ins Wolkentafelzimmer führt?«
Nelli schüttelt den Kopf. »Das würde sie nicht machen. Oder?«
Henri zieht die Augenbrauen hoch. »Nach der Sache im Rathaus traue ich ihr alles zu. Absolut alles.«
»Ich musste sie zu euch führen«, flüstert Laura. Ihre Stimme ist ganz piepsig. So als würde sie gleich weinen.
»Ach ja!?«, donnert Henri und stemmt die Fäuste in die Seiten. »Und warum?«
Jetzt weint Laura wirklich.
»Die haben gesagt, dass sonst meine Eltern verschwinden. Und … und … das darf nicht passieren …«
Henri ist immer noch wütend. »Und wir sollten für immer im Wolkentafelzimmer festsitzen, oder was?«
Laura schüttelt hastig den Kopf. »Nein! Ich wollte euch retten. Deswegen bin ich ja mitgekommen.«
»Und deine Eltern?«, fragt Henri wütend. »Was wäre aus denen geworden?«
»Wenn sie uns erwischt hätten, hätte ich natürlich gesagt, dass ihr schuld seid.«
»Aha!«, ruft Henri wütend. »Wusste ich es doch!« Henri ist

schon wieder ganz blass, dieses Mal vor Wut, nicht vor Angst. Aber Nelli hat Mitleid mit Laura.

»Lass sie, Henri. Es ist doch alles gut gegangen.«

Henri hebt die Schultern. »Ich vertrau ihr nie wieder, der Verräterin!«

Laura zuckt zusammen. Aber sie sagt nichts.

Nelli setzt Jupiter ab, und gemeinsam mit Henri folgen sie Laura den Flur entlang. Laura öffnet eine weitere Tür. Ein dunkler Raum liegt dahinter. Die Fensterläden sind zugeklappt, man kann fast nichts erkennen. Laura schaltet eine Lampe ein und lässt sich auf ein Sofa in der Ecke fallen. Sie sind im Café. Zögernd stehen Nelli und Henri nebeneinander. Nur Jupiter steuert sofort fröhlich auf den Topf mit dem Leuchtturm-Grützschleim zu.

»Setzt euch«, sagt Laura schüchtern und klopft auf das Polster. »Ihr müsst hier warten, bis die Wächter sich beruhigt haben.«

»Das kann dauern«, sagt Henri und lässt sich seufzend auf das Sofa fallen. Dabei hält er extra viel Abstand zu Laura.

Nelli setzt sich zwischen die beiden und nimmt den grützschleimverschmierten Jupiter auf den Schoß. Sie ist so müde, dass sie auf der Stelle einschlafen könnte. Wenn nur die Angst nicht wäre. Die Angst, dass die Wächter wieder auftauchen. Nervös dreht Nelli das Amulett in ihrer Hand.

»Was hast du da?«, fragt Laura neugierig.

»Keine Ahnung. Das gehört dem Gespenst.«

»Das kann gar nicht sein«, sagt Laura. »Gespenster gibt es nämlich nicht.«

»Doch«, sagt Nelli. »Du hast es ja selbst gesehen. Das heulende Gespenst im Tränenzimmer.«
»Das war Joachim«, sagt Laura. Sie klingt schon wieder so oberklug wie immer. »Das ist Gertrudes Mann. Er ist sehr traurig. Darum heult er.«
»Joachim ist die ganze Zeit im Rathaus?« Henri sieht Laura ungläubig an.
»Hast du doch gesehen!«, zischt Laura. Nelli ist fast erleichtert, dass sie ihren alten Laura-Ton wiederhat.
»Und warum sperrt Gertrude ihn ein?«, fragt Nelli verblüfft.
»Sie sperrt ihn gar nicht richtig ein. Nur ein bisschen. Und auch nur, damit ihm nichts passiert. Er ist so traurig, dass er nicht auf sich selbst aufpassen kann«, erklärt Laura.
Henri überlegt. »Stimmt! Er sieht ja zum Beispiel nichts, wenn er durch die Gegend läuft«, sagt er. »Weil er immer so viele Tränen in den Augen hat. Er würde wahrscheinlich überall gegenlaufen.«
»Er hätte riesengroße Beulen«, sagt Laura nachdenklich.
»Er würde aussehen wie eine Kartoffel.«
»Wieso bitte haben Kartoffeln Beulen?«, fragt Laura mit hochgezogenen Augenbrauen.
»Nicht alle, aber es gibt Kartoffeln mit ganz vielen Beulen.«
»Dann ist das trotzdem ein blöder Vergleich. Dann kannst du ja auch sagen, dass er wie ein Apfel mit ganz vielen Beulen aussehen würde. Oder wie ein Hase mit ganz vielen Beulen oder …«
»Das war mein erster Vergleich«, sagt Henri beleidigt. »Ich übe noch.«

»Solltest du«, sagt Laura.
Bevor Laura und Henri anfangen, sich richtig zu streiten, unterbricht Nelli: »Verstehe. Gertrude will, dass ihm nichts passiert.« Aber ihr kommt das immer noch seltsam vor. Das mit dem eingesperrten Joachim. »Warum ist Joachim überhaupt so traurig?«
Henri und Laura sehen einander an. Henri will etwas sagen, aber Laura ist schneller.
»Gertrude und Joachim ist jemand verschwunden. Jemand Wichtiges.«
»Wer?«, fragt Nelli.
»Ihre Tochter«, sagt Henri schnell, bevor Laura ihm wieder zuvorkommen kann.
»Genau«, sagt Laura. »Und weil Gertrude nicht will, dass anderen Eltern das auch passiert, passt sie so gut auf uns auf. Niemals sollen Eltern so traurig sein müssen wie sie.«
Nelli überlegt. Sie versteht, dass man sehr, sehr traurig ist, wenn einem das Kind verschwindet. Man ist ja auch sehr, sehr traurig, wenn einem die Mama verschwindet. So wie es Nelli passiert ist.
»Aber warum ist Gertrude so streng?«
»Oh Mann, Nelli«, stöhnt Laura genervt. »Das müsstest du doch langsam wissen: Wer was falsch macht, verschwindet. Deswegen! Außerdem wäre es völlig chaotisch ohne Regeln und Verbote und wenn jeder immer nur macht, was er will und wann er es will. Die Eltern würden völlig den Überblick verlieren und könnten nicht mehr ordentlich auf uns aufpassen.«

»O.k.«, sagt Nelli. Irgendwas stimmt nicht an dieser Logik, aber was das genau ist, das weiß Nelli noch nicht.
»Oder wir auf sie«, murmelt Laura sehr leise.
»Wollen wir da nicht eigentlich mal reingucken«, fragt Henri vorsichtig. »In das Amulett?«
Nelli zögert. Natürlich will sie auch gerne wissen, was der heulende Joachim in seinem Amulett aufbewahrt. Aber andererseits ist es nun mal sein Amulett und nicht Nellis.
»Vielleicht steht ja eine Adresse drin, wo wir es abgeben können«, schlägt Laura vor.
»Hä?!«, fragen Nelli und Henri gleichzeitig. Jetzt muss sogar Laura grinsen, der Vorschlag war wirklich dämlich.
»Er hat bestimmt nichts dagegen, wenn wir reinsehen, oder?«, sagt Nelli.
»Neeeeee.« Laura und Henri schütteln die Köpfe.
»O.k.«, sagt Nelli. Vorsichtig drückt sie auf den kleinen Verschluss an der Seite des Amuletts. Nichts passiert.
»Lass mich mal!«, sagt Laura ungeduldig und streckt die Hand aus. »Ich bin gut in so was.«
»Laura, du nervst!«, sagt Henri.
Laura zieht ihre Hand wieder zurück und dreht sich beleidigt weg. »Dann macht doch selbst!«
Nelli friemelt an dem Verschluss herum. Immer wieder rutscht er ihr aus der Hand.
»Dreh doch mal!«, schlägt Henri vor.
Nelli dreht den Verschluss, und tatsächlich: Mit einem erstaunlich lauten *Klick* springt das Amulett auf.
Henri und Nelli starren auf das Foto darin.

»Das …«, flüstert Henri.
»… kann doch nicht sein«, murmelt Nelli.
»Was ist denn?«, fragt Laura und beugt sich vor, um in das Amulett zu sehen. Zu dritt starren sie auf das kleine Foto.
»Das bin ich«, flüstert Nelli.

VIERUNDZWANZIGSTES KAPITEL

Avas Geheimnis

Nelli schüttelt immer wieder den Kopf. Das kann einfach nicht sein! Aber obwohl es nicht sein kann, ist es so. Auf dem Bild ist Nelli. Sie ist sich sicher, dass sie noch nie in ihrem Leben so ordentlich aussah: mit streng geflochtenem Haar, einer glatt gebügelten Kittelschürze und Kniestrümpfen, die tatsächlich bis zu den Knien reichen, die sich nicht um die Knöchel schlängeln, wie Nellis Strümpfe das sonst immer tun. Was noch merkwürdiger ist: Hinter der wohlgekleideten Nelli auf dem Foto stehen Gertrude und Joachim. Und was am allerallermerkwürdigsten ist: Sie sehen glücklich aus! Gertrude und Joachim strahlen so sehr, dass das Foto wie überbelichtet ist.

»Ich verstehe das nicht«, flüstert Nelli. »Ich war doch noch nie hier!«

»Vielleicht hast du es einfach vergessen«, schlägt Henri vor.

»Quatsch«, sagt Laura.

»Ich war noch nie hier«, wiederholt Nelli. Da ist sie sich ganz sicher. Aber wie kommt sie dann auf das Foto? Es gibt nur eine Sache, die Nelli jetzt machen kann.

»Ich koche uns einen Kakao!«

Laura sieht sie bestürzt an. »Kakao ist verboten!«

»Ich hätte trotzdem gerne einen«, sagt Henri.
Nelli zieht den Kakao aus ihrem Forscherrucksack. Manchmal, wenn man nicht weiterweiß, ist Kakao die einzige Lösung.
Während Nelli auf dem großen Herd Kakao mit extra viel Pulver kocht, betrachten Henri und Laura das Foto.
»Irgendwie sieht es ein bisschen alt aus«, sagt Laura nachdenklich. »Die Farben sind anders.«
Henri nickt. »Aber Nelli ist auf dem Foto so alt wie jetzt!«
»Rätselhaft«, murmelt Laura. »Äußerst rätselhaft.«
Nelli stellt die Tassen mit dem Kakao vor die beiden und setzt sich wieder zu ihnen auf das Sofa. Henri beginnt sofort zu schlürfen. Mit einem Dackelblick, den er bei echten Dackeln gelernt hat, grunzt Jupiter ihn an.
»Aber nur einen Schluck«, sagt Henri streng und hält dem Schwein die Tasse hin. Jupiter trinkt nur einen Schluck. Einen sehr großen.
Fassungslos sieht Henri in seine Tasse.
»Oh Mann, Jupiter, du hast ja alles weggeschlürft!«
Jupiter senkt betreten den Kopf.
Nelli schenkt Henri lachend nach.
»Jupiter liebt Kakao!«
Laura zögert noch einen Moment. Argwöhnisch betrachtet sie die dampfende Tasse, die vor ihr auf dem Tisch steht. Jupiter knipst wieder seinen Dackelblick an. Aber Laura schüttelt den Kopf.
»Als Nellis Patin muss ich überprüfen, was sie so trinkt.«
Nelli grinst. »Stimmt, das musst du!«

Genüsslich trinkt Laura ihren Kakao.
»Der sollte wirklich nicht verboten sein!«
Henri nickt.
Eine Weile schweigen die Kinder. Henri und Laura konzentrieren sich ganz auf das Kakaotrinken, Nelli denkt über das Foto nach, Jupiter verspeist, was vom Grützschleim übrig geblieben ist.
Dann öffnet sich die Tür. Die Kinder springen auf, die Kakaotassen fallen um. Wie ein schlammiger Wasserfall fließt der restliche Kakao über den Tisch auf den Boden.
Aber in der Tür stehen nicht die Wächter, sondern Lauras Eltern.
»Wir haben Kakao gerochen!«, sagt Lauras Mama.
»Da wollten wir mal vorbeischauen«, sagt Lauras Papa.
»Der Kakao tropft auf den Boden«, sagt Laura bedrückt.
»Das ist nicht schlimm, mein Schatz«, sagt Lauras Mama.
Nelli sieht Laura an, dass sie nicht überzeugt ist. Trotzdem widerspricht sie ausnahmsweise nicht.
»Wollt ihr auch einen Kakao?«, fragt Nelli.
Lauras Eltern nicken wie zwei aufgeregte Hühner.
Also kocht Nelli noch mehr Kakao. Für Lauras Eltern und auch gleich noch ein bisschen für Laura und Henri und eine winzige Tasse für Jupiter. Lauras Eltern sind noch immer ganz aufgeregt vor Vorfreude auf den Kakao. Lauras Papa wackelt mit den Beinen, und Lauras Mama malt mit dem Zeigefinger Herzen in den Kakao auf dem Tischtuch. Nelli beeilt sich, damit sie nicht so lange warten müssen.
Lauras Eltern trinken langsam und genüsslich. Ihre Gesichter

werden weicher, ihr Blick verträumt. Lauras Papa dreht das Amulett in der Hand, sieht von dem Foto zu Nelli und von Nelli zu dem Foto.
»Dass mir das nicht vorher aufgefallen ist«, sagt er schließlich erstaunt.
»Wir waren wohl ziemlich vernebelt«, sagt Lauras Mama.
»Uns ist nichts aufgefallen, obwohl du deiner Mama sehr ähnlich siehst«, sagt Lauras Papa.
Nelli lässt ihre Tasse sinken. Woher will Lauras Papa das wissen?
Lauras Mama nickt. »Du hast recht! Wie aus dem Gesicht geschnitten seid ihr euch!«
In Nellis Gehirn rattert es wie im Laufwerk der großen Uhr, nur viel schneller. Dann versteht sie. Aber sie kann es trotzdem nicht glauben. Ganz dicht beugt Nelli sich über das Foto. Und da ist er: der winzige Leberfleck in Form eines Schiffes. So einen tollen Fleck hat Nelli nicht. Aber Ava.
Das kleine Schiff schwimmt schon seit immer über Mamas Lippen. Als Nelli noch ganz klein war, hat sie sich beim Einschlafen immer ganz dicht an Ava geschmiegt und das Schiff angesehen. Sie hat sich vorgestellt, wie es über alle Meere fährt und schließlich auch auf das Meer gelangt, auf dem Eric unterwegs ist. Nelli hat dem kleinen Schiff Nachrichten für Papa mitgegeben, sie hat ihm Lieder vorgesungen und Gute Nacht gesagt. Und dann ist Nelli eingeschlafen.
Nelli deutet auf das kleine Mädchen mit dem Fleck über der Lippe.
»Das bin gar nicht ich, das ist Ava!«

Lauras Eltern nicken.
»Und ihr kennt meine Mama?«, fragt Nelli ungläubig.
Lauras Eltern nicken noch mal.
»Klar!«, sagt Lauras Mama. »Sie war unsere beste Freundin.«
Lauras Papa tippt mit dem Finger auf das Foto im Amulett.
»Guck mal genau hin!«
Nelli guckt genau hin. Erst sieht sie nichts, dann doch. Der Bürgermeister, Joachim, hat Hasenohren. Irgendjemand hält zwei Finger hinter seinem Kopf in die Luft.
»Das bin ich«, sagt Lauras Mama stolz.
»Und das ich!«, sagt Lauras Papa und zeigt neben Gertrude.
Tatsächlich! Ganz verschwommen sieht man da einen kleinen Jungen mit riesengroßer Brille, der die Zunge rausstreckt.
»Mama! Papa!«, sagt Laura streng. »Ihr wart erschreckend frech!«
Lauras Eltern nicken zufrieden.
»Ziemlich!«
»Mit Ava konnte man so viel tollen Quatsch machen!«
»Ihre Eltern fanden das natürlich nicht so toll …«, sagt Lauras Papa und kichert.
»Ihre Eltern?« Nelli versteht gar nichts mehr.
»Na ja, Gertrude und Joachim waren immer sehr besorgt«, sagt Lauras Mama.
»Quatsch war ihnen unheimlich.«
»Gertrude und Joachim sind Mamas Eltern?!« Nelli schreit jetzt fast.
Laura legt warnend den Finger auf den Mund. »Die Wächter!«, flüstert sie.

»Warum habt ihr das denn nicht früher gesagt?«, fragt Henri verwundert. »Dann ist Gertrude ja Nellis Oma!«
Nelli verschluckt sich am Kakao. Henri hat recht! Wenn es stimmt, was Lauras Eltern sagen, ist die strenge Gertrude ihre Oma.
»Wir haben dich doch nicht erkannt«, sagt Lauras Papa und wedelt mit der Hand vor seinem Gesicht herum. »Der Nebel, du weißt schon, der macht einen ganz … benebelt.«
»Und du wusstest nicht, dass Gertrude und Joachim deine Großeltern sind?«, fragt Lauras Mama.
Nelli schüttelt den Kopf.
»Ich weiß gar nichts. Mama hat nie über ihre Eltern gesprochen.«
Lauras Eltern sehen bestürzt aus.
»Wir dachten, Ava wäre verschwunden …«
Nelli versucht, die Gedanken in ihrem Kopf zu ordnen.
»JETZT ist sie verschwunden. Aber davor war sie die ganze Zeit bei mir.«
Henri sieht ratlos auf seinen Kakao.
»Ich verstehe gar nichts mehr!«
»Ich auch nicht«, sagt Lauras Mama. »Alles ist anders, als ich dachte.«
Lauras Papa nickt. »Seit Ava damals verschwunden ist, ist Gertrude immer verrückter geworden und der Ort und wir alle immer vernebelter. Und jetzt habe ich das Gefühl, der Kakao macht irgendwas mit meinem Kopf. Irgendwas, was den Nebel zur Seite schiebt.«
Laura schaltet sich ein. »Das kann sein. Kakao kann kurz-

zeitig eine entnebelnde Wirkung haben. Deshalb ist er wahrscheinlich auch verboten.«
»Ich muss mit Gertrude reden«, sagt Nelli und springt auf.
»Nein!«, rufen Laura und Henri und Lauras Mama und Lauras Papa.
Nelli sieht die vier erschrocken an.
»Wieso nicht?«
Laura räuspert sich. »Wenn man Gertrude auf ihre Tochter anspricht, wird sie wie wahnsinnig. Das willst du nicht erleben, glaub mir. Sie wird dann erst ganz rot und dann plötzlich ganz weiß. So richtig durchscheinend, und dann wirbelt Nebel aus ihr heraus und in sie herein. So lange, bis sie selbst wie aus Nebel ist.«
»Und sie schreit«, flüstert Henri. »Ganz laut und fürchterlich schrill.«
»Und dabei weint sie. Herzzerreißend. Es ist schrecklich!«, sagt Lauras Papa bedrückt.
»Nicht auszuhalten«, sagt Lauras Mama.
Das klingt wirklich nicht gut, denkt Nelli.
»Aber was soll ich dann tun?«
»Unsichtbar bleiben«, sagt Laura. »Und hoffen, dass du nicht auch verschwindest.«
Nelli schüttelt den Kopf. »Aber wir wollten doch forschen! Ich kann nicht einfach aufhören! Nicht jetzt, wo ich weiß, dass meine Oma eine verrückte Bürgermeisterin ist und mein Opa ein heulendes Gespenst!«
»Da hast du recht«, sagt Lauras Mama. »Wahrscheinlich musst du wirklich weiterforschen.«

»Aber du solltest sehr, sehr vorsichtig sein«, sagt Lauras Papa. »Und nicht aus der Vordertür gehen«, sagt Lauras Mama. »Da suchen nämlich die Wächter nach euch.«

Tatsächlich, jetzt hört Nelli die Stimmen der Wächter. Sie versteht nicht, was sie sagen, aber sie klingen ziemlich schlecht gelaunt.

»Ich will nicht schon wieder ins Wolkentafelzimmer«, sagt Henri bedrückt. »Zehn Minuten länger da drin, und ich hätte mich zu Tode gelangweilt.«

Laura steht auf. Im Stehen nimmt sie einen letzten Schluck Kakao. Sie sieht erst Henri und dann Nelli fest an. Jetzt kommt etwas Großes, spürt Nelli. Etwas, was Laura viel Überwindung kostet.

»Kommt mit!«, sagt Laura. »Ich bringe euch hier raus!«

Lauras Eltern nicken zufrieden. Lauras Mama drückt Nelli etwas Kleines, Kaltes in die Hand. Den Kompass!

»Man weiß nie, wozu man ihn brauchen kann, und man kann ihn brauchen, wenn man am wenigsten damit rechnet«, sagt Lauras Mama.

»Mama«, stöhnt Laura. »Was soll das denn schon wieder heißen?«

Aber ihre Mama grinst nur.

»Vielleicht hilft er dir, den richtigen Weg zu finden.«

Nelli sieht auf den Kompass, der sich wild dreht. Sie bezweifelt, dass er ihr helfen wird, aber es ist trotzdem nett von Lauras Mama.

»Vielen Dank!«, sagt Nelli und verstaut den Kompass behutsam in ihrer Rocktasche.

Ungeduldig zeigt Laura auf eine sehr lange Leiter in der hintersten Ecke des Cafés.
»Ich bin noch nie hochgeklettert, aber da oben ist das Dach, und von dort aus könnt ihr vielleicht entkommen.«
»Vielleicht?« Henri sieht Laura skeptisch an.
»Ja, vielleicht. Wenn ihr vorsichtig seid und leise und möglichst wenig Verbotenes tut.«
»Das bekommen wir hin«, sagt Nelli. »Aber was ist mit dir?«
Laura sieht sich zu ihren Eltern um, die Kakao schlürfend am Tisch sitzen.
»Ich kann sie nicht alleine lassen.«
Nelli nickt. Das versteht sie. Sie wünscht sich auch, sie wäre am Tag des Verschwindens bei Ava geblieben. Andererseits hätte sie dann wahrscheinlich nie erfahren, dass sie eine Oma und einen Opa hat. Seltsame Wesen zwar, aber immerhin.
Jemand klopft gegen die Vordertür.
»Beeilt euch«, sagt Laura aufgeregt. »Ich versuche, sie abzulenken.«
Nelli sieht zur Tür.
»Da unten kommt Nebel durch!«
Laura erschrickt. »Los jetzt!«
Nelli steckt Jupiter in ihren Forscherrucksack und beginnt, zusammen mit Henri die Leiter hinaufzuklettern. Einmal sieht sie sich noch nach Laura um. Die hält unten die Leiter fest. Sie sieht einsam aus. Einsam und allein.
»Bis bald«, sagt Nelli. »Hab keine Angst!«
Laura schüttelt den Kopf.
»Ich habe nie Angst.«

Und dann sagt sie noch etwas. Sehr leise, so, dass Nelli sich nicht sicher ist, ob sie es richtig verstanden hat.
»Fast nie«, flüstert Laura.
»Beeil dich!«, sagt Henri. Er hat schon die Dachluke geöffnet.
Nelli folgt Henri aus dem Café, hinaus aufs Dach.

FÜNFFUNDZWANZIGSTES KAPITEL

Hinter dem allerhöchsten Zaun

Erst sehen sie nur Nebel. Dann sehen sie noch mehr Nebel. Und dann reicht es Nelli. Sie holt den Kompass aus der Tasche. Der ist schließlich da, um Wege zu zeigen. Die Nadel dreht sich immer noch wie wild, dreimal im Kreis, dann wird sie langsamer, schwebt zwischen Süden und Westen hin und her und bleibt schließlich zitternd stehen.

Nelli deutet in die Richtung.

»Was ist da?«

Henri zögert. »Da darf man nicht hin.«

»Man darf hier nirgendwohin. Auf dem Dach darf man auch nicht sein. Also: Was ist da?«

»Der Strand«, murmelt Henri unbehaglich.

»Der Strand?«, fragt Nelli überrascht.

»Ja, aber der ist wirklich ziemlich verboten«, sagt Henri. »Vielleicht sollten wir erst mal nur etwas Mittel-Verbotenes tun …«

Nelli überlegt. Auf der Suche nach Eric war der Strand immer der erste Ort, an den sie und Ava gegangen sind. Nie haben sie dort etwas gefunden. Nie gab es eine Spur von Eric. Keine Nachricht aus Muscheln, keine Flaschenpost, keinen Hinweis. Aber dieser Strand ist anders. Hier war Ava schon

mal. Hier wurde sie geboren, hier ist sie länger gewesen als sonst irgendwo.
»Lass uns zum Strand gehen«, sagt Nelli und steckt den Kompass zurück in ihre Tasche. »Das Rathaus war auch verboten, und wir haben etwas Wichtiges gefunden. Vielleicht ist das mit dem Strand genauso.«
»O.k.«, sagt Henri. Aber er klingt nicht besonders begeistert. Ohne Leiter ist es nicht so einfach, vom Dach hinunterzuklettern. Einmal rutscht Henri fast ab, aber Nelli packt ihn im letzten Moment und hält ihn fest.
»Zum Glück müssen wir jetzt nicht mehr klettern«, sagt Henri erleichtert, als er wieder festen Boden unter den Füßen hat.
Aber wie das bei Abenteuern so ist, kommt alles anders, als man denkt. Und so ist das auch bei diesem Abenteuer.
Als Nelli und Henri am Strand ankommen, sehen sie, dass der Strand umzäunt ist. Der Zaun ist höher als die Dächer der traurigen Häuser, und er hat leider keine Tür.
»Ich fürchte, du musst noch mal klettern«, sagt Nelli.
Henri stöhnt: »Wenn das hier vorbei ist, dann bin ich der beste Kletterer des Ortes!«
Nelli nickt. Das auf jeden Fall. Das ist nicht so schwer, weil außer Henri ja auch keiner der Ortsbewohner klettert.
Nelli legt die Hände zu einer Räuberleiter zusammen. Sie zeigt Henri, wie er seinen Fuß dort hineinstellen, sich am Zaun festhalten und hochstemmen muss. Henri ist ganz wacklig beim Klettern. So wacklig, dass Nelli fast umkippt. Aber dann schafft er es doch. Stolz sitzt Henri oben auf dem Zaun.

»So weit oben war noch kein Ortsbewohner zuvor!« Henris Blick fällt auf den Uhrenturm, und seine Miene verfinstert sich. »Na ja, bis auf Gertrude. Die hockt da oben in ihrem Überwachungsraum und sieht gemütlich auf uns hinab.«
»Mmh«, macht Nelli. Sie will nicht über ihre Oma reden. Nelli hat das Gefühl, dass sie sich dafür entschuldigen muss, wie ihre Oma ist. So … so verrückt. Aber andererseits sind die anderen Leute hier ja auch nicht besser. Henris Papa nicht, der Ordnungshüter, nicht Henris Mama, die ihren Sohn in das Wolkentafelzimmer gesperrt hat, und nicht der kleine, dicke Mann, der gerade aus seinem Haus tritt und sich umsieht. Wahrscheinlich sucht er etwas, was ihm verschwunden ist. Die Leute suchen hier ständig. Aber Nelli will nicht gefunden werden. Auch nicht aus Versehen von jemandem, der eigentlich etwas anderes sucht.
Schnell setzt sie ihren Rucksack ab. Jupiter springt heraus und fängt an, am Zaun ein Loch zu graben. Er klettert auch nicht gerne.
»Blöd, dass wir in der letzten Zeit nicht geübt haben«, sagt Nelli. »Sonst könntest du jetzt über den Zaun fliegen.«
Jupiter grunzt, sechs Mal, dann buddelt er weiter.

»Er sagt, dass er sofort weiterübt, wenn wir Ava gefunden haben.«
Nelli nickt. Das klingt gut.
»Wenn wir Ava gefunden haben«, wiederholt sie.
Es tut gut, das ab und zu mal laut zu sagen. Dinge, die man laut gesagt hat, kann man sich danach besser vorstellen, findet Nelli.
Sie macht sich daran, den Zaun hinaufzuklettern. Der Zaun ist ziemlich hoch, es ist gar nicht so einfach. Zum Glück ist Nelli eine sehr geübte Kletterin. Und außerdem streckt Henri ihr die Hände entgegen. Als Nelli oben auf dem Zaun neben ihm sitzt, hat sie einen tollen Ausblick auf den Strand. Erst jetzt merkt sie, wie sehr ihr das Meer gefehlt hat. Der Wind, das Murmeln der Wellen, das Kreischen der Möwen und sogar das Gefühl von Sand zwischen den Zähnen.
Das hast du von deinem Papa, sagt Ava immer. *Diese Meersucht, mein Meerschweinchen.*
»Müssen wir da runter?«, fragt Henri beklommen.
»Klar«, sagt Nelli. »Das ist nicht so schwierig wie das Hochkommen. Wir springen einfach, der Sand ist ja weich.«
Henri sieht immer noch sehr besorgt aus.
»Im Sand kann man verschwinden.«
»Man kann hier überall verschwinden«, sagt Nelli. »Was ist an dem Sand so besonders?«
Henri zuckt die Schultern. »Keine Ahnung. Aber vor Sand wird immer gewarnt.«
»Dann springe ich zuerst«, sagt Nelli. Sie ist sich ziemlich sicher, dass der Sand ihr nichts tut. Aber ihr ist trotzdem

mulmig zumute. Vielleicht ist das hier irgendein Spezialsand? Wolkensand? Nebelsand? Nelli springt schnell, damit die Angst nicht größer wird. Sie landet weich.

»Tut der Sand sehr weh?«, fragt Henri von oben.

»Nee, gar nicht!«, ruft Nelli zurück. »Komm!«

Nelli sieht, wie Henri mit sich ringt. Jupiter hat sich mittlerweile unter dem Zaun durchgegraben und guckt ebenfalls zu Henri hinauf. Er grunzt und Henri grinst.

»Wenn du meinst, Jupiter!«

Dann springt Henri mit einem lauten Schrei und bleibt reglos im Sand liegen. Nelli hockt sich besorgt neben ihn.

»Alles in Ordnung?«, fragt sie vorsichtig.

»Bin ich noch da?«, fragt Henri.

Nelli muss lachen. »Was meinst du denn?«

»Fühlt sich ganz so an«, sagt Henri und rappelt sich auf. Er blickt an sich hinab und grinst zufrieden. »Alles noch da!«

Henri sieht sich um. »Und das ist also das Meer?«

Nelli nickt. »Ja, das ist also das Meer.«

»Na, dann will ich mir das mal genauer ansehen«, sagt Henri fachmännisch und rappelt sich auf.

Jupiter und Nelli folgen ihm, als er durch den Sand zum Meer stolpert. Henri geht erst ganz langsam, dann ein bisschen langsam, dann überhaupt gar nicht mehr langsam. Die letzten Meter rennt er.

Henri sieht aus wie jemand, der sein ganzes Leben lang schon ans Meer wollte, denkt Nelli.

»Mein ganzes Leben lang wollte ich schon ans Meer«, ruft Henri. »Seit meiner Geburt!«

Als er den Meeressaum erreicht, bleibt Henri plötzlich stehen. Nelli und Jupiter können im letzten Moment noch stoppen, sonst wären sie mit vollem Schwung in ihn hineingerannt.
»Was ist denn?«, fragt Nelli verwundert.
»Ich hab mich so drauf gefreut«, sagt Henri leise. »Und jetzt habe ich Angst, dass es nicht genug ist.«
»Nicht genug?«
»Nicht so toll, wie ich es mir vorgestellt habe.«
Nelli überlegt. Das Problem versteht sie.
»Ich glaube, du musst es einfach ausprobieren«, sagt sie schließlich und beginnt, sich die Schuhe und Kniestrümpfe auszuziehen.
»Wahrscheinlich hast du recht«, sagt Henri und friemelt umständlich seine Schuhbänder auf.
Nelli wartet, bis er fertig ist.
»Na dann«, sagt Henri und steht auf.
Am liebsten würde Nelli gleich mit vollem Karacho ins Wasser rennen. Aber das fände Henri bestimmt nicht so toll. Nelli beginnt, langsam ins Wasser zu waten. Es fühlt sich gut an. Ein bisschen wie zu Hause. Vielleicht hat Ava recht, und Nelli ist wirklich ein Meerschwein mit Meersucht. Jetzt fängt Henri laut an zu schreien. Erst denkt Nelli, dass er auf etwas getreten ist. Eine Muschel, eine Feuerqualle, einen toten Krebs. Aber als sie sich zu ihm umdreht, sieht Nelli, dass das kein Schmerzensschrei war. Henri strahlt über das ganze Gesicht.
»Das ist großartig!«, ruft er. »Das ist das Allerschönste!«
Nelli grinst. Henri hat recht: Das ist tatsächlich sehr schön. Man kann den Horizont nicht sehen, weil auch am Strand der

Nebel dicht wabert, aber Nelli hat wieder das alte Gefühl. Das Gefühl, dass von hier aus alles möglich ist.

»Ich lern schwimmen!«, ruft Henri. »Ich lern' schwimmen, und dann schwimme ich hier einfach weg!«

Henri lässt sich ins Wasser plumpsen. Mühsam zieht Nelli ihn zurück an die Wasseroberfläche. Er strahlt immer noch. Seine Schüchternheit, die ständige Angst, die besorgt nach oben geklappten Augenbrauen – all das ist verschwunden.

»Es ist so schön, Nelli«, blubbert Henri. »So unglaublich verboten schön!«

Das findet Nelli auch. Aber eigentlich, fällt ihr ein, eigentlich sind sie gar nicht hier, weil es am Meer so schön ist. Eigentlich wollten Henri, Jupiter und sie am Strand forschen. Nach Antworten suchen. Oder zumindest nach Geheimnissen. Mittlerweile weiß Nelli ein bisschen, wie das mit den Abenteuern ist. Dass man nie sicher sein kann, wenn man in so einem Abenteuer steckt. Dass immer alles anders kommt.

Deshalb ist Nelli auch nicht besonders überrascht, als Laura plötzlich am Wasser steht. Dass sie ihr geliebtes Regelbuch achtlos neben sich in den feuchten Sand fallen lässt. Dass sie sich nicht darum kümmert, dass der Strand ein strengstens verbotener Ort ist.

Was Nelli wirklich erstaunt, ist, dass Laura weint.

Nelli beeilt sich, aus dem Wasser zu kommen. Noch bevor sie Laura erreicht hat, schluchzt Laura ihr entgegen: »Meine Eltern sind verschwunden.«

Und so langsam reicht es Nelli mit diesem Abenteuer. Aber so richtig.

Sechsundzwanzigstes Kapitel

Eine Spur

Das hier, das ist so ein Abenteuer, das es einem nicht leicht macht. Eins, das sich immer einmischen muss, wenn es gerade schön ist. Wenn man die Angst gerade vergessen hat. Jetzt hat das Abenteuer Laura erwischt.

Tropfnass sitzen Nelli und Henri neben Laura im Sand. Der dichte Nebel hält den Wind auf, Nelli friert nicht. Jupiter schubbert sich tröstend an Lauras Rücken.

»Als ich vom Dach zurückkam, waren Mama und Papa weg. Ich habe überall gesucht, keine Spur. Sie sind verschwunden.« Laura haut sich mit der Faust aufs Bein. »Das ist alles meine Schuld. Ich hätte euch nicht verstecken dürfen. Ich hätte das mit dem Kakao nicht erlauben sollen.«

Laura will sich schon wieder aufs Bein hauen, aber Henri hält ihre Hand fest.

»Nicht, Laura, das tut doch weh.«

Laura beachtet Henri gar nicht.

»Ich habe immer alles richtig gemacht. Alles! Ich kenne all die dämlichen Regeln, ich kenne sogar Regeln, die noch gar nicht im Regelbuch stehen. Und dann mache ich SOLCHE DUMMEN FEHLER!«

Nelli hilft Henri, Lauras Hand festzuhalten.

»Es tut mir so leid«, sagt sie leise. Sie kann sich vorstellen, wie Laura sich fühlt. Nelli kennt das Gefühl, schuld zu sein. Schließlich hat sie selbst dafür gesorgt, dass Ava verschwindet. Weil sie alles falsch gemacht hat. Weil sie heimlich weggegangen ist.

»In meinem Bauch sitzt ein riesengroßes, eckiges Nichts und tritt nach mir«, sagt Laura leise und reibt ihren Bauch.

Auch dieses wilde Nichts ist Nelli schon begegnet. Als Ava verschwunden ist und der Bus. Vorsichtig streichelt sie Lauras Rücken.

»Soll ich mit dem Nichts reden?«, fragt Henri. »Vielleicht ist es ja ein bisschen wie ein Tier, dann könnte das klappen.«

»Hör endlich auf mit deinem Quatsch! Nur weil du immer so spinnst und Nelli immer so schrecklich verbotene Ideen hat, sind meine Eltern überhaupt verschwunden. Lasst mich in Ruhe!«

Henri zuckt zurück, und Nelli lässt ihre Hand sinken.

»Tut mir leid«, sagt Laura leise.

»Schon gut«, sagt Nelli.

»Was machen wir jetzt?«, fragt Henri.

Nelli hat keine Idee. Rein gar nichts fällt ihr ein. Was ist, wenn sie alles schlimmer machen mit ihrer Suche nach Ava und den anderen Verschwundenen? Wenn immer mehr Menschen verschwinden, nur weil die Kinder alle Regeln missachten?

»Eins ist doch komisch«, sagt Henri.

Nelli und Laura sehen ihn fragend an.

»Wir sind noch da. Obwohl wir wirklich alles falsch machen.«

»Das ist nur eine Frage der Zeit«, murmelt Laura düster. Immerhin weint sie nicht mehr.
»Es führt kein Weg dran vorbei«, sagt Nelli entschlossen und springt auf. Auch Jupiter ist sofort auf den Beinen. Er mag es nicht so gerne, wenn lange nichts passiert. »Wir gehen jetzt zu meiner Oma und fragen sie, was hier los ist.«
Überraschenderweise widerspricht niemand. Im Gegenteil: Henri nickt sogar.
»Ich muss sie eh fragen, warum DAS HIER verboten ist.« Sehnsüchtig sieht Henri aufs Meer.
»Wir werden im Wolkentafelzimmer landen«, murmelt Laura. Dann zuckt sie die Schultern. »Aber da haben wir dann immerhin viel Zeit zum Nachdenken.«
»Eben«, sagt Nelli. »Das hat doch auch was Gutes.«
Nelli hat plötzlich keine Angst mehr. Nicht vor dem Verschwinden, nicht vor ihrer Oma. Nicht mal vor dem Nebel, den traurigen Wolken, die nicht fliegen können. Und Nelli weiß, dass es Zeit für einen Schwur ist.
»Es ist Zeit für einen Schwur!«
Jupiter grunzt begeistert, Henri und Laura sehen sie fragend an. Laura beginnt, in ihrem sandigen Regelbuch zu blättern.
»Hier steht nichts zu einem Schwur! Was soll das sein?«
»Gebt mir eure Hände und Pfoten«, sagt Nelli feierlich. Laura und Henri geben ihr beide Hände, Jupiter streckt ihr eine Pfote entgegen. Nelli schüttelt den Kopf.
»Bei einem Schwur steht man im Kreis.«
Sie zeigt ihnen, wie man stehen muss. Dann streckt sie ihre Hände aus. Henri ist sofort begeistert, Laura zögert einen

Moment, als Jupiter ihr die Pfote geben will. Dann greift sie zu.

»Jetzt müssen wir die Augen schließen.«

Nelli blinzelt noch einmal, um zu sehen, ob wirklich alle die Augen geschlossen haben. Haben sie. Nelli kann anfangen. Feierlich spricht sie den Schwurspruch: »Hiermit schwören wir himmelhoch und abgrundtief, dass wir die Verschwundenen zurückholen und einen Weg aus dem Nebel finden werden.«

Es ist ganz still. Die Wellen flüstern, die Möwen schweigen.

»Himmelhoch«, haucht Henri.

»Abgrundtief«, wispert Laura.

»Grunz«, macht Jupiter laut.

»Super«, sagt Nelli zufrieden. »Dann können wir jetzt los. Schnell zum Uhrenturm! Auf zu Oma!«

»Moment«, sagt Henri und sieht vor sich in den Sand. »Was ist das?«

Laura und Nelli folgen seinem Blick. Erst denkt Nelli, dass da eine Schlange liegt. Eine schlafende Seeschlange.

»Ein Seil«, sagt Laura und beginnt aufgeregt, ihre Brille zu putzen.

»Ein Tau«, sagt Nelli. »Wie von einem Schiff.«

»Was wäre«, sagt Henri nachdenklich, »wenn das vom Schiff deines Papas wäre, das Tau? Weil Ava doch hier war! Was ist, wenn Eric auch hier war und dann schnell wegmusste aus irgendeinem Grund und wenn er das Tau hier vergessen hätte?«

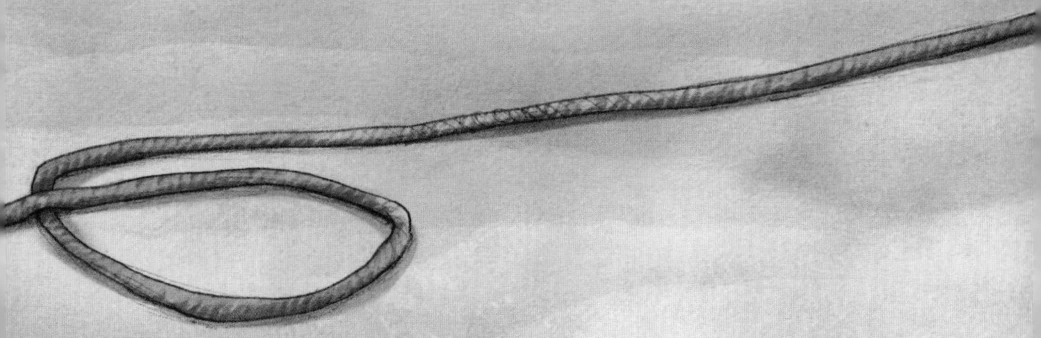

Nelli wird ganz aufgeregt. Das kann sein, das ist bestimmt so. Das ist die erste Spur von ihrem Papa! Nelli fühlt den kleinen Kompass in ihrer Tasche. Oder ist es die zweite Spur? Was hat ein Kompass in einem Ort zu suchen, der sich kein bisschen für das Draußen und das Drumherum interessiert? Was ist, wenn der Kompass auch Eric gehört? Wenn er ihn hier vergessen hat? Wenn er ihn vielleicht vor vielen, vielen Jahren im Café liegen lassen hat, damit Nelli ihn einmal finden kann? Was wäre dann?

Das wäre schön, denkt Nelli. Das wäre ein bisschen so, als wäre Eric bei mir. Als würde er mir helfen.

Nelli drückt den Kompass fest in der Hand.

»Oder wenn es jemand durchgeschnitten hat«, sagt Laura und nimmt mit spitzen Fingern das Tau in die Hand.

Laura hat recht. Am Ende des Taus ist ein sauberer Schnitt.

»Es ist irgendwo festgemacht«, sagt Laura. »Wenn ich ziehe, bewegt es sich nicht.«

Die Kinder folgen dem Tau, das halb im Sand begraben liegt. Schließlich stoßen sie auf einen großen Metallhaken.

»Da war Papas Schiff befestigt. Ganz sicher!« Nelli ist aufgeregt wegen der Eric-Spur. Und weil hinter seinem Verlorengehen noch mehr Geheimnisse stecken als gedacht.

Henri beginnt, das Tau vom Haken zu lösen.
»Das kann man bestimmt noch brauchen.«
Laura sieht ihn skeptisch an, sagt aber nichts.
»Ich bin gespannt, was Oma dazu sagt«, überlegt Nelli. »Wir sollten uns beeilen!«
Henri befestigt das Tau an Nellis Rucksack, dann machen sich die Kinder auf den Weg.
Als Nelli wieder oben auf dem Zaun sitzt und zum Uhrenturm hinübersieht, hat sie das Gefühl, dass sich dort etwas verändert hat. Dass der Nebel um den Turm dichter und dunkler, dass das Tocken der Uhr dumpfer geworden ist. Dass sich dort oben etwas zusammenbraut.
Schnell schluckt sie den Angstkloß in ihrem Hals hinunter. Das zwickt und pikst, und der Kloß drückt im Bauch weiter, aber immerhin kann sie jetzt wieder sprechen.
»Alles wird gut«, sagt Nelli leise. Sagt sie vielleicht mehr zu sich als zu Laura und Henri und Jupiter.

SIEBENUNDZWANZIGSTES KAPITEL

Der Superheld

Nelli hat sich das einfach vorgestellt: Sie wollte unten an der Tür des Uhrenturms klopfen, hereingelassen werden, sich ihrer Oma zu erkennen geben, umarmt werden, ihre Fragen stellen, alle Antworten bekommen und dann Ava wiederfinden. Nelli hat sich das so schön vorgestellt, aber so schön kommt es natürlich nicht, und so einfach schon gar nicht. Im Gegenteil: Die Kinder müssen die heldenhafteste Heldentat aller Zeiten vollbringen. Mindestens.

Erst ist alles ganz einfach. Sie klettern den Zaun hinab wie Bergsteigerprofis. Henri will sogar gleich wieder hoch, weil es ihm so viel Spaß macht.

Laura hält ihn zurück.

»Keine Zeit jetzt für Blödsinn!«

Natürlich ist Henri sofort wieder genervt von Laura, und Laura ist genervt von Henri, weil er nie versteht, dass sie ihm nur helfen will.

»Ich will doch nur helfen, du Blödi!«

»Du willst nur nerven, du Nervi!«, sagt Henri.

Nelli ist froh, dass Laura darauf nichts mehr antwortet. Wenn sie und Henri sich anschreien, wird das nämlich nichts mit dem unauffälligen Heranpirschen an Omas Uhrenturm.

Weil Laura und Henri jetzt beleidigt schweigen, klappt das mit dem Heranpirschen sehr gut. Aber als sie fast an der Eingangstür zum Turm sind, tauchen die drei Wächter auf. Im letzten Moment können sich die Kinder hinter einem Verbotsschild verstecken. Mal wieder. Nelli überlegt, ob ihre Oma die Verbotsschilder vielleicht deswegen aufgestellt hat: als Verstecke. Wahrscheinlich nicht, denkt Nelli. Meine Oma ist niemand, der Verstecke erfindet.
»Die bleiben genau vor der Tür stehen!«, flüstert Henri entsetzt.
Nelli späht an dem Verbotsschild vorbei und lauscht den aufgeregten Stimmen der Wächter.
»Ich verstehe das nicht! Warum finden wir sie nicht?« Der erste Wächter sieht seine Kollegen ratlos an.
»Vielleicht sind sie ver…«
»Nein!«, unterbricht Henris Papa den zweiten Wächter. »Auf keinen Fall.«
Die anderen beiden Wächter sehen Henris Papa traurig an. Der ist ganz aus dem Häuschen. »Wir müssen sie finden und sicherstellen, bevor sie noch mehr Blödsinn anstellen. Es ist unsere Pflicht zu verhindern, dass sie ver…«
Die anderen beiden Wächter nicken zustimmend.
»Du hast recht, es ist unsere Pflicht!«
Laura seufzt. »Die suchen uns immer noch.«
»So kommen wir da nicht rein«, sagt Nelli. »Nicht, wenn die hier stehen bleiben und nach uns Ausschau halten.«
»Papa sieht irgendwie krank aus«, sagt Henri nachdenklich. »Und ein bisschen traurig.«

Nelli nickt. »Er macht sich bestimmt Sorgen um dich.«
»Nie im Leben. Papa sorgt sich vielleicht um die Ordnung, aber doch nicht um mich.« Henri dreht sich weg, und Nelli beschließt, nichts mehr dazu zu sagen. Auch wenn sie nicht glaubt, dass Henri recht hat.
Die drei Kinder denken angestrengt nach. Und dann hat Nelli tatsächlich eine Idee. Eine von diesen Ideen, die einem in den Kopf schießen und von denen man sofort weiß, dass sie genial sind.
»Grützschleim!«, ruft Nelli und beginnt, in ihrem Rucksack zu wühlen.
Natürlich sehen Henri und Laura sie ratlos an.
»Hast du Hunger?«, fragt Henri vorsichtig.
Nelli schüttelt den Kopf.
»Hast du noch den Schleim, den dein Papa dir morgens immer einpackt?«, fragt sie Henri.
»Klar, ich ess das doch nicht!« Henri sieht richtig empört aus, als er die kleine Dose mit dem Grützschleim aus seiner Tasche zieht. »Ich würde aber lieber aufpassen, Nelli. Das ist echt alt.«
»Wir müssen zur Rückseite des Turms!«
»Aber da ist keine Tür«, sagt Laura genervt.
»Und ich werde mich da auch ganz sicher nicht hinsetzen und alten Grützschleim essen!«, sagt Henri angewidert. »Mir reicht es. Mit allem!« Henri verschränkt die Hände vor der Brust.
Nelli muss an den letzten Tag mit Ava denken. Als sie so wütend war, weil Ava immer weiterwollte.

»Sag mal ›Plüschpüschel‹«, sagt Nelli.
»Plüschpüschel«, sagt Henri grimmig.
Wenn selbst *Plüschpüschel* nicht hilft, dann muss jetzt ein neues Abenteuer her. Ein sehr großes, eins, mit dem man Henri ablenken kann. Zum Glück hat Nelli ihre Idee. Ihre Idee mit dem Grützschleim.
»Kommt mit!«, flüstert Nelli.
Im Schutz der Verbotsschilder schleichen sich die Kinder zur Rückseite des Turms.
»Und jetzt?«, fragt Laura ungeduldig. »Ich sag doch, dass hier keine Tür ist.«
Nelli öffnet die Grützschleimdose. Der Schleim darin ist grün-blau.
»Ich hätte nicht gedacht, dass der Schleim *noch* schlimmer riechen kann«, sagt Laura fasziniert.
Henri neben ihr würgt.
»Mach das schnell wieder zu, Nelli!«
Nelli schüttelt den Kopf, schluckt und beginnt dann, sich die Hände und Schuhe mit dem Grützschleim einzuschmieren.
»Das ist sehr unappetitlich«, sagt Laura entsetzt.
Nelli legt prüfend ihre eingeschleimte Hand auf die Wand des Turms. Es klebt. Zum Glück klebt der Schleim noch! Trotz Schimmel und so. Es klebt genauso toll, wie es soll. Nelli klatscht ihre zweite Hand an die Mauer. Klebt auch. Dann den linken Fuß. Klebt. Jetzt wird es anstrengend. Nelli zieht sich mit den Händen hoch. Es klappt! Sie klebt am Turm. Vorsichtig beginnt Nelli, den Turm hinaufzuklettern. Jupiter in ihrem Rucksack grunzt. Er klingt nicht ängstlich, er klingt

begeistert. Jupiter, der Pilot, liebt alles, was in der Luft stattfindet.
»Unappetitlich, aber genial«, flüstert Henri von unten andächtig.
»Kleister mit Froschschleim«, ruft Nelli fröhlich.
»Mit Essen spielt man nicht«, murmelt Laura.
»Dann bleib doch unten«, sagt Henri, hängt sich seinen Pullover wie einen Umhang um die Schultern und beginnt, sich ebenfalls die Hände und Schuhe einzuschleimen.
Laura beobachtet ihn skeptisch.
»Was soll das mit dem Pullover?«
»Superheldencape. Ich bin jetzt ein Superheld.«
Laura zieht die Augenbrauen hoch.
»Oh nee, nicht das auch noch!«
»Doch«, sagt Henri. »Das auch noch. Nelli? Ihr habt da draußen doch eine Menge Superhelden, oder?«
»Klar«, sagt Nelli. Warum soll sie Henri ausgerechnet jetzt sagen, dass es Superhelden im Cape auch draußen nur in Comics gibt?
Henri beginnt, den Turm hinaufzuklettern. Nelli ist beeindruckt, wie schnell er ist. Henri hat seine Angst vergessen.
»Wenn wir draußen sind«, sagt Henri, »dann werde ich immer Superheldenkleidung tragen.«
Nelli und Henri klettern und klettern. Je höher sie kommen, desto dichter wird auch der Nebel. Sie müssen sich durch die weiß-graue Masse quetschen.
»So hoch kann der Turm doch gar nicht sein!«, keucht Henri neben Nelli. Im Nebel sieht er wieder aus wie ein Gespenst.

»Ich glaube, er wächst«, flüstert Nelli zurück.

»Wartet auf mich!«, sagt eine Stimme knapp unter ihnen. Aus dem Nebel taucht jetzt Laura auf. Sie ist knallrot im Gesicht, wirkt aber sehr zufrieden. »Eine höchst interessante Erfahrung!«, sagt sie. »Habt ihr auch das Gefühl, dass der Nebel an euch zieht?«

»Ja«, stimmt Henri zu. »Es ist, als wenn er mich zurückhalten will.«

Nelli nickt, so gut das im dicken Nebel möglich ist. Der Nebel will nicht, dass sie nach oben gelangen. Aber Nelli ist es egal, was der Nebel will oder nicht will. Sie muss mit Gertrude reden, da kann sie nichts aufhalten. Wenn nur der Gedanke nicht wäre, der Gedanke, dass der Nebel sie alle hinab in die Tiefe zerren könnte.

»Soll ich euch von Ava erzählen?«, fragt Nelli. »Von Ava und Eric und von mir und von den Abenteuern?«

»Ja«, flüstert der Nebel. Flüstert nicht der Nebel, flüstern Laura und Henri.

Und Nelli beginnt, von den Abenteuern zu erzählen. Von Eric, der auf allen Meeren nach ihnen sucht. Von Ava, die ihre traurige Melodie auf seiner Gitarre spielt und die um die Welt reist mit Nelli, in einem kunterbunten Bus. Von Freunden an Stränden, auf Inseln, in winzigen Orten, fast so wie dieser hier, nur ohne Nebel. Und als Nelli gerade beginnt, von dem Mann in dem gestreiften Badeanzug zu erzählen, als sie gerade berichtet, wie er zum Horizont geschwommen ist und wie er das mit der Angst gesagt hat, genau in dem Moment stößt Nellis Hand gegen Glas.

»Wir sind oben!«, ruft sie Laura und Henri zu. »Wir haben es geschafft! Jetzt müssen wir nur noch mit Oma reden und erfahren, wo die Verschwundenen sind, da hingehen und sie wiederholen, und dann ist alles gut.«
Aber so einfach ist es natürlich nicht. Eher schwieriger. Eher schon wieder ein ganz schrecklich großes Abenteuer.

ACHTUNDZWANZIGSTES KAPITEL

Wie es ist, wenn man verschwindet

Nelli war noch nie bei einer Oma zu Hause, aber so hat sie sich das nicht vorgestellt. Es ist kein bisschen gemütlich und auch nicht besonders schön.
»Ein sehr zurückhaltender Einrichtungsstil«, sagt Laura.
Nelli sieht sich ratlos um. Sie hatte erwartet, dass es hier Bilder geben würde. Fotos von Ava als Kind, von Joachim ohne Tränen. Es hätte ein Sofa geben sollen mit bunten Kissen, vielleicht ein Klavier. Irgendetwas Lebendiges, etwas, was zeigt, dass Gertrude tatsächlich Avas Mama ist. Aber der Raum im Uhrenturm ist vollkommen leer. Bis auf die komische Maschine in der Mitte des Zimmers.
Laura untersucht das riesige Gerät genau.
»Interessant«, murmelt sie. »Das hätte ich nicht erwartet. Dabei liegt es doch eigentlich auf der Hand …«
»Was?«, fragt Nelli.
Aber Laura antwortet nicht, sie ist völlig in die Betrachtung der Maschine vertieft.
Nelli und Henri sehen einander ratlos an. In einer Ecke steht ein Stuhl, vor dem Stuhl ein Fernrohr. Nelli späht durch die Linse. Sie sieht das Meer. Warum beobachtet ihre Oma das Wasser?

»Glaubst du, sie hat uns am Strand gesehen?«, fragt Henri unbehaglich.
Nelli zuckt die Schultern.
»Wenn sie uns gesehen hat, ist sie bestimmt sehr wütend.«
Henri ist jetzt ganz blass. »Meinst du wirklich, dass es eine gute Idee ist, mit Gertrude zu reden?«
»Es ist meine einzige Idee«, sagt Nelli. »Mal sehen, ob meine Oma überhaupt auftaucht.«
Wie auf ein Stichwort kreischt es vor dem Fenster. Draußen flattern die Ordnungshähne. Der Oberordnungshahn kreischt am lautesten, wirft sich immer wieder gegen die Glasscheibe. Jupiter will zu ihm galoppieren, aber Henri hält ihn fest.
»Nicht, Jupiter! Vor denen musst du dich in Acht nehmen!«
Jupiter grunzt aufgeregt und will sich freistrampeln, aber Henri schüttelt den Kopf. »Ich weiß, dass du verliebt bist. Aber manchmal verliebt man sich eben in den Falschen!«
Jupiter protestiert, und Laura fragt: »Woher willst du das denn bitte wissen, Henri?«
Da öffnet sich mit einem lauten Krachen die Tür.
Die Kinder schrecken zusammen. Henri stößt fast das Fernrohr um, und sogar Laura sieht jetzt von der Maschine auf.
Im Türrahmen steht Gertrude.
»Kinder«, ruft sie. »Was macht ihr denn hier?«
Nelli starrt Gertrude an. Aus der Nähe sieht sie noch gruseliger aus. Die zum Lächeln geschminkten Lippen sind blutrot, die Haut fahl, und ihre Kleidung hängt an ihr herab wie an einer leblosen Schaufensterpuppe.

Nelli nimmt all ihren Mut zusammen.
»Wir müssen mit dir reden, Oma!«
Nelli erschrickt. Das *Oma* ist ihr einfach so rausgerutscht.
Gertrudes Mund verzieht sich, die Mundwinkel rutschen nach oben. Gertrude versucht zu lächeln. Leider klappt das mit dem Lächeln nicht.
»Wie seid ihr denn hier hochgekommen?«, fragt sie besorgt.
»Geklettert!«, ruft Henri stolz. »Mit Grützschleim. Dafür ist der super. Viel besser als zum Essen.«
Laura stößt Henri in die Seite. Henri sieht betroffen auf den Boden. »'tschuldigung.«
»Das ist sehr gefährlich, was ihr da getan habt.«
Nelli beobachtet besorgt, wie sich über Gertrudes Kopf eine kleine Nebelwolke bildet. Laura hat ihren Blasebalg nicht mit. Was ist, wenn ihre Oma jetzt auch noch im Nebel verschwindet?
»Gefährlich und verboten«, flüstert Gertrude. Ihre Stimme verliert an Klang. Der Nebel legt sich um ihren Kopf, es sieht aus, als hätte sie eine graue Pelzmütze auf. Nelli hat das Gefühl, dass sie sich beeilen muss mit ihrer Frage.
»Wir suchen die Verschwundenen«, sagt Nelli. »Und wir dachten, dass du uns vielleicht helfen kannst.« Nelli zeigt auf das Fernrohr. »Weil du doch alles siehst und weißt und schon so lange hier bist.« Dann nimmt sie all ihren Mut zusammen. Die Frage, die sie jetzt stellt, wird Gertrude ganz sicher nicht gefallen. »War Eric hier?«
»Dieser Seemann!«, keucht Gertrude und sieht sich erschrocken um. »Ist er etwa zurück? Dieser Tochterräuber?«

Nelli schüttelt den Kopf. Leider ist Eric nicht hier. Sonst hätte er bestimmt eine Idee, was nun zu tun ist. Aber sie hatten recht mit dem Tau: Eric war hier, vor langer Zeit, bevor es Nelli gab. Nelli gibt sich einen Ruck, sie muss jetzt weiter mutig sein und die richtigen Fragen stellen.

»Hast du das Tau von Erics Schiff durchgeschnitten? Damit er wegtreibt und du keine Angst mehr haben musst, dass Ava mit ihm geht?«

Gertrudes Mund bebt, sie verzieht das Gesicht, und als sie spricht, klingt es, als hätte sie dabei schreckliche Halsschmerzen: »Woher wisst ihr von Ava und Eric? Das sind Erinnerungen, längst vernebelte Erinnerungen, sonst nichts …«

Die Nebelmütze rutscht ihr weit über die Stirn, über die Nase, den Mund. Gertrude atmet den Nebel tief ein. Er dringt in die Ohren, die Nasenlöcher.

»Wahnsinn«, flüstert Henri.

»So was habe ich noch nie gesehen«, haucht Laura.

»Oma?«, fragt Nelli besorgt.

Aber Gertrude scheint nichts mehr zu hören und zu sehen. Aus ihren Ohren quillt der Nebel wie Watte, vor ihren Augen liegt ein grau-weißer Schleier.

»Was ist mit ihr?«, fragt Nelli. »Warum ist sie so benebelt?«

Laura und Henri zucken die Schultern.

»Wundert mich nicht«, sagt Laura. »Sie ist halt Gertrude. Wenn hier einer total benebelt ist, dann sie.«

Nelli findet es nicht toll, dass Laura so über ihre Oma spricht, aber irgendwie hat Laura ja auch recht: Gertrude ist wirklich völlig benebelt.

»Guckt mal! Der Nebel kommt wieder aus ihr raus!«, ruft Henri entsetzt.
Die Kinder starren auf Gertrude, die mittlerweile aussieht, als bestünde sie ganz aus Nebel. Aus ihren Ohren quillt er und aus ihren Nasenlöchern.
»Findet ihr auch, dass das wie Hände aussieht?«, fragt Laura beklommen.
Nelli schluckt. Bisher hat sie die Nebelhände nur gefühlt. Damals, als sie nach Ava gesucht hat und es so war, als würde der Nebel nach ihr greifen. Und eben, als sie den Turm hochgeklettert sind. Das war schlimm. Aber jetzt wird es richtig gruselig. Jetzt sieht Nelli, wie der Nebel sich um Gertrude herum auftürmt. Wie Gertrude ganz winzig aussieht, in dieser Nebel-Gestalt.
Nelli sieht die langen Arme, die sich aus dem Nebel herauswinden. Der Nebel hat nicht nur zwei Arme, nein, das sind vier, fünf, sechs, sieben … immer mehr Arme bilden sich.
»Tentakel«, flüstert Henri. »Wie bei einem riesigen Tintenfisch.«
Und jetzt greifen die Nebel-Tentakel nach Nelli. Sie weicht zurück. Aber die Tentakel haben sich fest um ihr Handgelenk geschlungen. Panisch sieht Nelli sich um. Aber Laura und Henri können ihr nicht helfen, sie sind selbst fest im Griff des Nebels.
»Hilfe!«, ruft Nelli. »Oma, du musst uns helf…«
Weiter kommt Nelli nicht, weil sich jetzt eine Nebelhand auf ihren Mund legt. Nelli beißt den Nebel, aber das stört ihn nicht. Nelli tritt und boxt und wehrt sich, doch der Nebel ist

stärker. Er schlingt und windet und legt sich um ihren ganzen Körper. Bevor er auch ihre Augen verdeckt, sieht Nelli Gertrudes trauriges Gesicht. Traurig und besorgt, und gleichzeitig sieht sie irgendwie ruhiger aus, irgendwie beruhigt.

»Keine Angst, Kinder«, flüstert sie. »Ihr werdet nur sichergestellt.«

Dann wird es plötzlich dunkelgrau um Nelli.

NEUNUNDZWANZIGSTES KAPITEL

Raum der Verschwundenen

Es ist still und kalt. Nelli öffnet den Mund.
»Hilfe!«, ruft sie. Aber das Wort kommt nur bis zu ihren Lippen, stößt dort gegen den Nebel und rutscht Nelli in den Hals zurück. *Hilfe!* pikst wie eine Handvoll Nadeln.
Nelli versucht, den Nebel mit der Hand wegzuwedeln, aber er ist zu dicht. Und dann beginnt sie plötzlich zu schweben. Der Nebel hebt sie in die Luft. Wie in einem Heißluftballon fühlt sich das an oder einem dieser riesigen Luftschiffe. Mit beidem ist Nelli zwar noch nie gefahren, aber so stellt sie es sich vor. Das Schweben ist gar nicht so schlecht. Genau genommen ist es sogar sehr schön. Noch besser wäre es, wenn Nelli etwas sehen könnte. Eine Weile genießt Nelli das Schweben. Sie merkt, wie müde sie ist. Ein Abenteuer zu erleben ist eine ziemlich anstrengende Sache.
Nelli verliert jedes Gefühl für die Zeit. Es tut gut, das Tocken der großen Uhr nicht mehr zu hören. Aber nach der Ruhe kommt die Angst. Was, wenn der Nebel sie nie wieder freilässt? Wenn es das ist, das Verschwinden? Ob Ava und der Bus auch in solch einer Nebelwolke gefangen sind? Und wo fliegen die Nebelwolken mit den Verschwundenen eigentlich hin? In den Himmel? Aufs Meer hinaus? Nelli stellt sich vor,

dass sie irgendwann zu Regen wird. Dass Millionen kleiner Nelli-Teilchen auf die Erde hinabregnen. Das ist keine besonders schöne Vorstellung.
Ich werde mich nicht wegregnen lassen, denkt Nelli.
Und dann fällt sie.
Nelli kann wieder schreien. Sie kreischt und fällt und fällt und kreischt aus dem Nebel heraus und hinaus. Nelli landet weich. Einen Moment bleibt sie benommen liegen. Weit, weit über ihr ist ein taghelles Loch. In das Loch fällt etwas hinab. Zwei große Nebelkugeln und eine kleine. Die Nebelkugeln lösen sich in Luft auf, und Nelli sieht Henri, Laura und Jupiter. Die drei stürzen schreiend und quiekend auf sie zu. Gerade noch rechtzeitig kann Nelli sich zur Seite rollen, sonst wäre Laura genau auf ihr gelandet.
»Jetzt weiß ich es!«, ruft Laura zufrieden und rappelt sich auf.
»Was weißt du?«, fragt Henri atemlos.
»Wie es ist, wenn man verschwindet.«
Nelli sieht Laura fragend an. »Du meinst, wir sind verschwunden?«
Laura nickt. »Was soll das denn sonst gewesen sein?«
»Gertrude macht das«, flüstert Henri fassungslos. »Gertrude steuert den Nebel, und der bringt einen hierher, und dann ist man verschwunden.«
Nelli schüttelt den Kopf. Obwohl sie weiß, dass Henri recht hat. Gertrude arbeitet irgendwie mit dem Nebel zusammen.
»Aber warum?« Nelli erschrickt. Das hat sie laut gesagt.
Henri schüttelt ratlos den Kopf, und sogar Laura hat ausnahmsweise keine Antwort.

Nelli drückt Jupiter an sich. Der ist zwar Pilot, aber von Bruchlandungen hält er nicht viel. Er ist ganz blass um den Rüssel.
»Und wohin sind wir verschwunden?«, fragt Henri.
Die Kinder sehen sich um. Sie befinden sich in einem sehr, sehr großen, dämmrigen Raum. Er ist vollgestopft mit Büchern, Bildern, Spielzeug und Küchengeräten. In einer Ecke türmen sich Fahrräder, in einer anderen Kerzen. Es gibt einen Berg Schlitten und ein Regal voller Marzipanschweine.
»Die verschwundenen Dinge!«, sagt Laura andächtig.
»Unser Bild!«, ruft Henri begeistert und schließt ein riesiges goldgerahmtes Gemälde in die Arme. »Ist es nicht wunderwunderschön?«
Nelli nickt. Das Bild ist wirklich wunderwunderschön.
»Ein Menschenturm«, flüstert Laura beeindruckt.
»Genau«, ruft Henri. »Jetzt erinnere ich mich wieder! Mein Papa hat mir früher immer Geschichten zu dem Bild erzählt. Wie die Leute darauf die Wolken anfassen wollten, aber keine Leiter gefunden haben, die lang genug ist. Und da haben sie sich einfach alle aufeinandergestellt. Gute Idee, oder?«
Nelli will gerade antworten, da entdeckt sie etwas. Etwas sehr Großes, sehr Wunderbares. Sie springt auf. »Da ist er!«
Nelli schnappt sich Jupiter und läuft los.
Da vorne, neben einem hohen Berg aus Masken und Hüten, steht der Bus.
»Unser Zuhause!«, sagt Nelli zu Jupiter. »Was ist, wenn Mama …« Nelli wagt es gar nicht, ihre Hoffnung auszusprechen. *Was ist, wenn Ava da drinnen ist?,* denkt sie.

Nelli klopft gegen die Tür. Keine Antwort.
»Mama!«, ruft Nelli. »Mama, bist du da drin?«
Laura legt Nelli die Hand auf die Schulter. »Ich glaube nicht«, sagt sie vorsichtig. »Guck mal!«
Laura deutet auf den Dachgarten. Die Blumen sind vertrocknet, die Kräuter, die Tomaten. Selbst die Palmwedel hängen schlaff von den Stämmen. Sehnsüchtig sieht Jupiter zu seinem Fahnenmast hinauf.
»Der arme Bus«, sagt Henri, der mit dem schweren Bild in den Armen nur sehr langsam ist. Er sieht betrübt auf ein riesiges Vorhängeschloss in seinen Händen. Erst jetzt fallen Nelli die dicken Ketten auf, die um den Bus gelegt wurden.
»Damit er nicht wegfahren kann«, flüstert Nelli.
»Die anderen Sachen sind auch festgeschlossen«, murmelt Laura. Sie klingt mit einem Mal sehr ängstlich.
Nelli späht durch das Bullauge in ihr Zimmer. Alles sieht aus wie immer, nur irgendwie … unbewohnt. Nelli würde sich jetzt gerne in ihr Bett legen. Jupiter würde neben ihr in seiner Hängematte liegen, und Ava würde natürlich auch zu ihnen kommen. Sie würde sich neben Nelli auf die Bettkante setzen. Sie hätte Kakao dabei und eine Geschichte. Sie würde Nelli einen Kuss auf die Stirn geben, sie würde »Nelli-Propelli« sagen, sie würde Erics Melodie summen …
Nelli spitzt die Ohren. Aus der Ferne hört sie etwas sehr Vertrautes. Erics Melodie!
Nelli rennt los.
»Was ist denn jetzt schon wieder?«, ruft Laura ihr hinterher, aber Nelli antwortet nicht.

Da ist Ava! Da hinten im Halbdunkel steht Mama, die bis eben noch die Melodie gesummt hat, die jetzt verstummt, als sie Nelli sieht.

»Nelli!«, ruft Ava und rennt los. Es dauert viel zu lange, bis Nelli endlich in ihren Armen liegt.

»Nelli«, flüstert Ava in Nellis Haar. »Meine Nelli!«

Eine Weile drücken sich die beiden nur. Fest und fester. Nelli würde am liebsten in Ava reinkriechen, so sehr hat sie Mama vermisst.

»Was ist mit dir passiert?«, fragt Ava schließlich. Sanft strubbelt sie Nelli durch das angeklatschte Haar.

»Das ist eine lange Geschichte.« Nelli hat plötzlich einen Kloß im Hals, genau da, wo eben noch der Nebel gepikt hat. »Es tut mir so leid. Dass ich heimlich forschen gegangen bin. Dass du deswegen verschwunden bist …«

Ava drückt Nelli wieder an sich. Obwohl sie müder aussieht als sonst und trauriger, riecht sie wie immer. Nelli atmet Avas Geruch tief ein.

»Das ist doch nicht deine Schuld«, sagt sie leise. »Ich hätte dir alles erzählen müssen. Von früher. Von meinen Eltern und von diesem Ort.«

Nelli schüttelt den Kopf. »Ich weiß eh alles. Ich habe Oma kennengelernt und Opa.«

Ava sieht Nelli überrascht an. Nelli wühlt in ihrem Rucksack und findet ganz unten das Amulett. Als sie es öffnet, macht Ava ein überraschtes Geräusch, es klingt wie ein heimlicher Schluckauf. Mama betrachtet das Foto, und ein trauriges Lächeln huscht über ihr Gesicht.

»Da war alles noch schön«, sagt sie. »Da waren Gertrude und Joachim noch ziemlich normale Eltern. Nur ein ganz kleines bisschen besorgter als andere.«
»Ich dachte, wir könnten alles wiedergutmachen«, sagt jemand hinter Nelli. Sie dreht sich um. Da steht der Briefträger und sieht sehr zerknirscht aus. »Aber jetzt habe ich alles nur noch schlimmer gemacht. Ich hätte euch nicht hierherbringen dürfen. Gertrude ist wahnsinnig, daran kann man nichts mehr ändern. Nichts und niemand kann das.«
Nelli nickt. »Oma ist wirklich völlig vernebelt! Sie lässt die Menschen verschwinden!«
»Und ich fürchte, sie denkt auch noch, dass sie uns damit einen Gefallen tut«, sagt der Briefträger nachdenklich.
Ava seufzt. »Ich habe versucht, mit Gertrude zu sprechen. Dreimal am Tag wirft sie uns Essen hinab. Aber sie hört nicht zu.«
Der Briefträger klingt immer noch nachdenklich. »Ich habe das Gefühl, dass sie uns nicht mehr hört. Sie ist wie, wie …«
»Vernebelt«, ergänzt Henri. Er und Laura haben sich dazugesellt. Sie sehen schüchtern aus, wie sie von einem Bein aufs andere treten.
»Das sind meine Freunde«, sagt Nelli. »Henri und Laura!«
»Danke, dass ihr auf Nelli aufgepasst habt«, sagt Ava.
Laura lächelt stolz. »Kein Problem, gern geschehen.«
Henri stöhnt: »Na ja, eigentlich hat Nelli auch ziemlich auf uns aufgepasst.«
Laura will etwas entgegnen, entscheidet sich aber dagegen, als sie sieht, wer da gerade aus der Dunkelheit tritt.

»Papa!«, schreit sie. »Mama!«
»Lauralein«, rufen Lauras Eltern und stürzen auf sie zu.
Zusammen mit Henri beobachtet Nelli, wie Laura und ihre Eltern sich in den Armen liegen. Wie sie beginnen, einander gegenseitig die Brillengläser zu putzen. Wie ihre Augen hinter den sauberen Gläsern vor Freude blitzen.
Henri dreht sich weg. »Ich wette, meine Eltern haben schon vergessen, dass ich überhaupt mal da war.«
Nelli nimmt Henris Hand. Sie weiß nicht, was sie sagen soll. Henris Eltern denken wirklich sehr viel an die Regeln. Aber ob ihnen Henri deswegen egal ist?
»Wahrscheinlich haben sie eine kleine Nebelwolke adoptiert und stopfen die gerade in mein Bett«, murmelt Henri betrübt.
»Ich bin jedenfalls froh, dass du bei mir bist«, sagt Nelli.
Henri nickt und sieht unbehaglich nach oben zum Verlies-Eingang. »Und so wie es aussieht, werde ich auch noch eine ganze Weile hier bleiben.«
Nelli folgt seinem Blick. Das Tageslichtblau ist verschwunden, die Klappe zum Verlies geschlossen. Und dieses Mal fällt Nelli nichts ein, was sie Henri entgegnen könnte. Er hat recht: Sie sind gefangen, verschwunden in einem Verlies im Nirgendwo. Nebeldicht verborgen.

DREISSIGSTES KAPITEL

Der zweithöchste Turm

Ava singt. Immer mehr Verschwundene versammeln sich um sie. Es ist ein bisschen wie am Lagerfeuer, nur ohne Feuer. Die Verschwundenen sehen still und fahl aus, wie sehr alte Fotografien.

»Je länger man hier ist, desto bleicher wird man«, flüstert Lauras Mama. »Seht mal, mein kleiner Finger.«

Die Kinder mustern den Finger. Tatsächlich. An der Fingerkuppe ist er weiß. Es sieht aus, als hätte Lauras Mama dort lange Zeit ein Pflaster getragen, der Finger ist sogar ein bisschen runzelig. Verglichen mit dem Mann, der neben Henri sitzt und der die ganze Zeit stumm mit dem Kopf nickt, ist das mit dem Finger aber harmlos. Der Kopfnickende ist so ausgeblichen wie ein Buch, das hundert Jahre oder mehr in der Sonne lag. Oder als wäre er mit einer dünnen Schicht Nebel überzogen.

Als Ava ihre Gitarre weglegt und eine Pause macht, beginnt der Kopfnickende zu erzählen.

»Meine Frau und ich waren die Ersten«, sagt er mit einer Stimme, die nur noch ein Hauchen ist. »Gertrude meinte, das Singen würde uns vom Aufpassen abhalten, und verbot es uns. Aber wir wollten uns das nicht verbieten lassen. Wir haben gerne gesungen. Also hat sie uns hierherbringen lassen. Das muss fast zehn Jahre her sein. Meine Frau ist mittlerweile …«

Der Mann verstummt wieder und sieht vor sich auf den Boden. Er sieht auf den Boden, als würden dort die verschwundenen Jahre liegen, als suche er nach einer Möglichkeit, sie wieder aufzuheben und zurück in die Zeit zu stopfen. Mitsamt seiner Frau.

»Ich habe Seifenblasen gemacht«, sagt eine bis zum Hals verblichene Frau. »Obwohl das als gefährlich galt. Gertrude sagte, man könne ausrutschen, wenn die Blasen auf den Boden gelangen. Aber ich mochte die Farben so gerne. Die Farben am Rand der Blasen.«

»Ich habe Fragen gestellt«, sagt ein nebelweißer Junge. »Was hinter dem Nebel liegt, wollte ich wissen. Ob Gertrude schon mal aus Versehen gelacht hat und warum das Meer gefährlicher ist als der hohe Zaun, der es umgibt.«

»Das ist Karls großer Bruder«, flüstert Laura Nelli zu. »Weißt du noch, Henri? Er hat auch immer nach seinem Hund gefragt.«

Henri nickt. Nelli freut sich, dass sie den schneeweißen Hund jetzt neben Karls großem Bruder entdeckt. Sie sehen zufrieden aus, die beiden. Ausgeblichen, aber sehr zufrieden.

Nach und nach erzählen alle Verschwundenen von ihrem Verschwinden. Von verbotenerweise gestellten Fragen, von in die Luft geworfenen Pfannkuchen, von aus dem Takt des Tockens geratenen Schritten um den Uhrenturm. Von Menschen und Dingen und Taten, die Gertrude zu auffällig, zu besonders, zu gefährlich, zu lustig, zu unüberschaubar und zu ungewöhnlich waren.

So wie Eric, denkt Nelli.

»Warum ist Oma so … so verrückt?«, fragt Nelli Ava leise.

Ava seufzt. »Das ist meine Schuld. Ich bin verschwunden, nachdem Eric verschwunden ist.«

Nelli versteht nicht. »Aber du warst doch bei mir, du warst doch da.«

Ava nickt. »Aber Gertrude dachte, ich wäre weg. Und es stimmt ja auch: Hier war ich weg.«

Der Briefträger räuspert sich. »Ich habe deiner Mama geholfen. Sie war schwanger, es war kurz vor deiner Geburt. Gertrude und Joachim hatten Ava in ihr Zimmer gesperrt.«

Ava räuspert sich jetzt auch, Nelli sieht, dass es ihr schwerfällt, von früher zu sprechen. »Mama und Papa mochten Eric nicht. Weil er anders war, weil er durch die Welt reiste. Sie hatten Angst, dass ich Eric folgen könnte. Sie wussten ja, dass er meine große Liebe war. Sie wollten nicht, dass ich bei ihm bleibe und sie verlasse. Sie wollten mich nicht verlieren. Das war ihre allergrößte Angst. Und dann ist Eric einfach verschwunden, ohne mir etwas zu sagen, und ich verstehe das bis heute nicht …« Ava beißt sich auf die Lippen. Sie hat schon wieder den Sehnsuchtsblick, den traurigen Eric-Blick.

Nelli und Henri sehen sich an. Sie wissen, warum Eric verschwunden ist.

Nelli zieht das Seil aus dem Rucksack und drückt Ava das gekappte Ende in die Hand. Ava hält das Tau wie eine schlafende Schlange, als könnte es jederzeit aufwachen und sie in die Hand beißen.

»Gertrude hat es durchgeschnitten«, sagt Nelli vorsichtig.

Neben ihr zappelt Laura ungeduldig. Sie mag es nicht so gerne, wenn andere was erklären.

»Genau! Nachts wahrscheinlich, heimlich, als dein Eric an Bord geschlafen hat. Und dann ist sein Schiff weggetrieben aufs Meer. Und wenn man einmal auf dem Meer ist, dann bringt einen nichts mehr zurück, dann ist man verloren. Das sagt Gertrude uns immer wieder, und deswegen gibt es auch den Zaun.«

Stolz grinsend sieht Laura Ava an. Dann Nelli. Dann Henri.

»So ist das, und so war das jedenfalls«, murmelt sie kleinlaut, als sie versteht, dass niemand über diese Geschichte so begeistert ist wie sie.

»Sie wusste, dass ich ihn liebe«, sagt Ava leise. »Und trotzdem hat sie das gemacht …«

Nelli umarmt Ava fest.

»Ich glaube, Gertrude hatte einfach zu viel Angst, dich zu verlieren.«

Der Briefträger legt Ava tröstend die Hand auf den Arm und nickt. »Sie war richtig verrückt vor Sorge, sonst hätte sie Ava niemals in ihrem Zimmer eingesperrt. Ich konnte nicht mit ansehen, wie traurig Ava war. Wie verzweifelt. Also habe ich sie eines Nachts abgeholt, auf meinem fliegenden Fahrrad.«

Bei der Erinnerung muss Ava grinsen. »Das war das erste Mal, dass ich mitfliegen durfte. Wir sind zwischendurch fast abgestürzt.«

Der Briefträger lächelt ebenfalls. »Mein Fahrrad flog ja auch noch gar nicht so lange. Es hat erst damit angefangen, als das mit dem Nebel begann.«

»Wann begann das mit dem Nebel denn?«, fragt Laura neugierig.

Die Erwachsenen kramen in ihren nebeligen Erinnerungen.

»Das begann mit Avas Geburt. Da fingen Gertrude und Joachim sofort an, sich Sorgen zu machen«, sagt der Kopfnickende.

»Joachim machte sich leise Sorgen, und Gertrude machte sich ziemlich laut Sorgen«, erzählt die Seifenblasenfrau.

»Gertrude machte sich so laut Sorgen, dass die anderen Eltern davon angesteckt wurden«, erzählt Karls Bruder.

»Ich weiß noch, wie meine Eltern die erste Sorgenwolke über dem Kopf hatten«, sagt Lauras Mama leise. »Mittlerweile sind sie ganz verblichen.«

Laura streichelt ihrer Mama sanft über den Arm.
»Und der Nebel ist mit den Sorgen gewachsen?«, fragt Nelli.
Die Verschwundenen nicken.
Der Briefträger erzählt: »Nachdem Ava verschwunden ist, begann Gertrude verrückt zu werden. Und dann fing das mit dem Verschwinden an.«
Laura sieht ihn kritisch an. »Und dein Fahrrad ist einfach so geflogen?«
Der Briefträger nickt.
»Du hast nichts daran umgebaut?«
Der Briefträger schüttelt den Kopf. »Nichts. Es hob einfach plötzlich ab.«
»Faszinierend.« Laura sieht sehr glücklich aus. »Ich dachte immer, Gertrude würde alles kontrollieren, hätte alles verändert. Die Häuser, den Leuchtturm …«
Nelli unterbricht Laura: »Welchen Leuchtturm?«
»Na, welchen wohl? Hast du das vorhin nicht gesehen? Den Mechanismus oben im Uhrenturm? Die Uhr war mal ein Leuchtturm.«
Nelli denkt an den Grützschleim, den Lauras Eltern ihnen im Café serviert haben. Der hatte doch auch die Form eines Leuchtturms! War das ein Hinweis?
Nelli springt auf. »Warum hast du das nicht früher gesagt?«
»Weil es nicht wichtig ist«, sagt Laura.
»Doch!«, ruft Nelli. »Das ist unsere Rettung!«
Die Verschwundenen sehen Nelli aus nebelblassen Augen ratlos an.
»Was hat sie denn nur?«, fragt der Kopfnickende und be-

wegt seinen Kopf zur Abwechslung nicht hoch und runter, sondern hin und her. Er knackt laut dabei, die Richtung ist neu.

»Wenn wir es schaffen, den Leuchtturm in Gang zu bringen, können wir Hilfe von draußen holen!«

»*Draußen*«, wiederholt Henri verträumt.

»Genau!«, ruft Nelli aufgeregt. »Irgendjemand wird das Licht sehen und uns alle von diesem Ort wegbringen. Ich weiß nur nicht, wie wir den Turm in Gang kriegen.«

»Das ist kein Problem«, sagt Laura beiläufig. »Das erledige ich dir in zehn Minuten.«

Nelli zieht Laura auf die Beine. »Meinst du das ernst?«

Laura nickt. »Du weißt doch, Nelli: Ich bin genial.«

»Und ob wir das wissen«, seufzt Henri.

Seltsamerweise wird Laura jetzt knallrot. »Echt?«

Henri nickt. »Klar. Aber du musst nicht ständig drauf rumreiten.«

»Ich hätte halt nicht gedacht, dass ihr das von alleine merkt.«

Henri grinst, sagt aber nichts mehr. Nelli beobachtet ihn und Laura. Irgendwas hat sich zwischen ihnen geändert. Irgendetwas passiert da, etwas, was Nelli noch nicht ganz versteht.

Nelli konzentriert sich wieder auf die Sache mit dem Leuchtturm.

»Also, Laura kann das Ding reparieren … Aber wie kommen wir hier raus?«

»Diese Frage stelle ich mir seit fast zehn Jahren«, murmelt der Kopfnickende, der jetzt ein Kopfschüttelnder ist. »Und ich habe bisher keine Antwort gefunden.«

Nelli sieht sich um. Es gibt Leitern und Kistenstapel, aber alles ist gesichert, angeschlossen, befestigt.
»Vergiss es«, sagt Laura. »Da kommen wir nicht dran. Die Sachen kann man nicht benutzen.«
Nelli will nicht glauben, dass Laura recht hat. Unter all diesen Gegenständen muss es doch einen geben, der ihnen bei der Flucht hilft. Vielleicht ist es keine Leiter, vielleicht ist es …
»Das Bild!«, ruft Nelli und deutet auf das Gemälde, das Henri immer noch umklammert hält. »Henri, zeig mal den anderen das Bild!«
Stolz dreht Henri den Rahmen um, sodass alle das Gemälde betrachten können.
»Sie wollen wissen, wie sich die Wolken anfühlen«, erklärt er.
»Erschreckend«, haucht die Seifenblasenfrau.
»Ich will ja nicht altklug wirken«, sagt Laura, »aber mithilfe eines Bildes ist noch niemand aus einem Kerker entkommen.«
»Dann sind wir eben die Ersten«, sagt Nelli fröhlich.
Henri versteht am schnellsten, was Nellis Plan ist.
»Du meinst, das können wir schaffen?«
»Das MÜSSEN wir schaffen«, sagt Nelli.
»Ich habe Höhenangst«, sagt die Seifenblasenfrau.
»Ich auch«, sagt der Kopfschüttelnde.
»Mir wird immer ganz übel, wenn ich mir vorstelle, den Boden zu verlassen«, sagt Karls großer Bruder, und sein Hund nickt zustimmend. »Das ist gar nichts für mich.«
Henri stemmt die Fäuste in die Hüften. »Jetzt hört mir mal zu. Niemand von euch hat bisher den Boden verlassen. Nie-

mand. Ich saß vor Kurzem auf einem Zaun, und wisst ihr, was ich gemerkt habe?«
Alle schütteln den Kopf.
Henri macht sich noch größer. »Dass es viel Schlimmeres gibt. Das Wolkentafelzimmer, diesen Kerker, Grützschleim.«
»Henri hat recht«, sagt Laura und sieht selbst ganz verwundert aus über diesen Satz. »Wir müssen es wenigstens probieren.«
Lauras Eltern nicken gleichzeitig.
»Schlimmer, als langsam zu verbleichen und zu Nebel zu werden, kann es nicht sein«, sagt Lauras Mama.
Nelli ist entsetzt. »Man wird zu Nebel?«
Der Kopfschüttelnde nickt. »Meine Frau …« Er winkt ab. »Es ist jedenfalls kein Spaß, zu Nebel zu werden.«
»In Ordnung«, sagt Lauras Papa schnell. »Was sollen wir tun?«
»Mutig sein«, sagen Nelli, Henri und Laura wie aus einem Munde.
Und dann geht es los.
Auf dem Gemälde im goldenen Rahmen sieht man eine Menschenpyramide. Henri hält das Bild, während Nelli und Laura den Aufbau organisieren. Die stärksten Verblichenen bilden den ersten Kreis. Auf ihre Schultern klettern die Nächststärksten. Darauf die Nächstnächststärksten und so weiter und so weiter. Plötzlich ist es ein Glück, dass Gertrude so viele Ortsbewohner hat verschwinden lassen. Die Pyramide reicht fast bis zum Kerkerausgang.
»Jetzt sind wir dran«, sagt Nelli.

»Es ist mir eine Ehre, mit euch zu klettern«, sagt Laura. Es klingt sehr feierlich, wie sie das sagt.
Henri schluckt. Dann nickt er entschlossen. »Los geht's!«
Die Kinder beginnen zu klettern.
Es ist nicht einfach, weil die Verschwundenen ängstlich schaukeln und schwanken. Aber alle bemühen sich, den Kindern Mut zu machen.
»Ihr schafft das!«
»Wir sind stolz auf euch!«
»Viel Glück!«
Als Nelli an Ava vorbeiklettert, drängt sich der dicke Kloß wieder in ihren Hals. Sie zögert.
»Ich will nicht schon wieder von dir weg, Mama.«
»Dieses Mal ist es nur für ganz kurze Zeit, mein Schatz.«
Nelli sieht Ava zweifelnd an. »Und was ist, wenn wir es nicht schaffen?«
»Ihr schafft das! Das weiß ich.«
Nelli nickt. Am liebsten würde sie Ava noch einmal umarmen, aber dann müsste Ava die beiden Verschwundenen neben sich loslassen, und der Turm würde zusammenstürzen.
»Meine große Kleine!«, sagt Ava.
»Bis bald«, flüstert Nelli.
Dann klettert sie weiter.
Da ist die Luke, da ist der Ausgang.
Laura und Henri stemmen Nelli in die Höhe. Sie streckt ihre Arme aus, unter ihr ächzt und wackelt der Turm. Nelli erreicht die Kerkertür. Einen Moment lang fürchtet sie, die Tür könnte von außen verschlossen sein. Aber sie lässt sich er-

staunlich leicht öffnen. Sicherlich hat Gertrude nicht damit gerechnet, dass jemand bis hier oben gelangt.

Nelli zieht sich hinauf. Sie hat keine Zeit, sich umzusehen, der Turm unter ihr schwankt schon bedrohlich.

»Beeil dich!«, ruft Laura.

Nelli greift nach Lauras Händen. Sie muss sich weit in die Öffnung hineinhängen, um an Lauras Finger zu kommen. Endlich hat sie es geschafft.

»Jetzt schieben!«, ruft Nelli, und Laura wird ihr entgegengeschoben.

Nelli hat einen Moment lang Angst, dass ihre Arme abreißen, aber dann ist Laura mit einem Ruck plötzlich oben bei ihr. Erschöpft liegen sie nebeneinander auf dem kalten Boden.

»Das war das Aufregendste, was ich je getan habe«, sagt Laura. »Na ja, neben der Sache im Rathaus und dem Sprung in den Sand und dem Hochklettern am Turm und …«

»Hallo?«, ruft Henri aus der Tiefe des Verlieses. »Habt ihr Jupiter und mich vergessen?!«

Nelli und Laura legen sich auf die Bäuche und sehen hinab. Henri ist verdammt weit weg, Jupiter nicht einmal zu sehen.

»Halt mich gut fest«, sagt Nelli zu Laura und schiebt sich über die Kante. Laura umklammert ihre Fußgelenke, während Nelli kopfüber im Verlies hängt. Sosehr sie sich auch anstrengt, sie kann Henris ausgestreckte Arme nicht erreichen. Der Turm schwankt hin und her.

»Ich kann nicht mehr!«, ruft jemand von weit unten. »Obwohl ich sehr, sehr stark bin.«

»Ich auch nicht!« Das war Lauras Mama.

Nelli macht einen letzten Versuch, macht sich so lang wie nur möglich.
»Du rutschst weg!«, ruft Laura von oben panisch. Nelli spürt, wie der Druck von Lauras Händen nachlässt. Sie muss möglichst schnell wieder hoch, aber sie will Henri nicht zurücklassen.
»Das macht nichts«, ruft Henri. »Jupiter und ich warten hier auf euch!« Nelli bildet sich ein, dass er ihr durchs Dämmerlicht hindurch zulächelt. »Versprecht mir nur, dass ihr zurückkommt«, ruft Henri.
»Himmelhoch versprochen!«, ruft Nelli.
Dann stürzt der Menschenturm langsam in sich zusammen, und Henri verschwindet aus ihrem Blickfeld.
»Und abgrundtief«, flüstert Laura.

EINUNDDREISSIGSTES KAPITEL

Wie das Tocken verstummt

Eine Weile sitzen Laura und Nelli stumm nebeneinander. Nelli fühlt sich müde und erschöpft. Sie muss an Ava denken, an Jupiter, an Henri, die dort unten gefangen sind. Ein bisschen lieber wäre sie jetzt mit Henri hier als mit Laura. Weil sie sich mit Henri immer gut versteht und mit Laura manchmal. Aber Henri ist mit Jupiter bei den Verschwundenen, und Laura sagt, dass sie den Leuchtturm reparieren kann, und darauf kommt es an. Irgendwie wird das schon gehen mit ihnen beiden.

»Wir sind ihre einzige Chance«, sagt Nelli.

Aber sie ist sich überhaupt gar nicht sicher, dass sie das schaffen: unbemerkt zurück in den Raum ganz oben im Turm gelangen, die komische Maschine reparieren, den Leuchtturm aktivieren, rechtzeitig Hilfe holen. Bevor noch mehr Menschen zu Nebel werden. Nelli hat Angst, und Laura merkt das.

»Deswegen müssen wir jetzt los«, flüstert sie und steht auf. »Was meinst du, wo wir sind?«

Sie sehen sich um. Das Licht hier ist schwach, der Raum ist rund. Aus der Ferne hören sie das TOCK-TECK der Uhr.

»Der Uhrenturm«, flüstert Nelli.

»Unser Leuchtturm!« Laura strahlt. »Das hatte ich gehofft! Wir sind sozusagen fast schon da.«

»Fast«, sagt Nelli und sieht nach oben, dahin, woher das Tocken kommt. An der steinernen Wand entlang windet sich eine Wendeltreppe.

»Die sieht ziemlich unendlich aus«, sagt Nelli.

»Dann müssen wir uns eben beeilen«, ruft Laura und sprintet auf die Treppe zu. »Eine unendlich hohe Treppe passt nur in einen unendlich hohen Turm, und der Uhrenturm ist nicht unendlich hoch. Verstehst du?«

Nelli versteht. Und sie ist beeindruckt, wie entschlossen Laura plötzlich ist. Dass ihr sämtliche Regeln auf einmal egal sind. Fast egal, denkt Nelli. Ihr dickes Regelbuch trägt Laura nämlich immer noch auf dem Rücken.

»Komm schon, Nelli«, ruft sie.

Nelli rappelt sich auf und folgt Laura die glitschige Treppe entlang, in schwindelerregende Höhen. Auf den Stufen wabert Nebel, Nelli und Laura müssen sich konzentrieren, um nicht danebenzutreten. Um nicht in die Leere, die sich nach und nach unter ihnen auftut, hinabzustürzen.

»Hoffentlich lauert deine Oma hier nicht irgendwo auf uns«, sagt Laura irgendwann beklommen.
Nelli würde ihr am liebsten widersprechen. Sagen, dass Gertrude nicht ihre Oma ist. Aber Ava hat es bestätigt, und Nelli muss sich damit abfinden: Sie hat eine ganz und gar verrückte Oma, eine Oma, die Menschen in ein Verlies sperrt.
Glücklicherweise erreichen sie den Maschinenraum, ohne dass ihre Oma sich blicken lässt. Laura stürzt sofort zum Uhrwerk in der Mitte des Raumes und macht sich dort zu schaffen.
»Kann ich helfen?«, fragt Nelli nach einiger Zeit. Sie kommt sich unnütz vor. Sie versteht nichts von Uhren, und schon gar nicht von Leuchttürmen.
Laura schüttelt den Kopf. »Wir müssen den Mechanismus stoppen, vorher kann ich da nichts umbauen. Die Zahnräder sind zu scharf.«
Laura sieht sich suchend um.
»Wir brauchen etwas Großes, Dickes, sehr Schweres. Etwas ganz und gar Unzerstörbares«, überlegt Laura laut.
Nellis Blick fällt auf ihren Rücken, auf das Regelbuch.
»Ich hätte eine Idee«, sagt Nelli vorsichtig und deutet auf das riesige Buch.
Laura wird so fahl wie der Kopfschüttelnde unten im Verlies.
»Das kann ich nicht machen!«
»Wir haben nichts anderes«, sagt Nelli.
Irgendwie versteht sie Laura. Das Regelbuch ist für sie wahrscheinlich so etwas wie für Ava die Gitarre und für Nelli … hmm, was eigentlich? Ava?

»Andererseits«, sagt Laura nachdenklich, »andererseits kenne ich genialerweise und zum Glück ja alle Regeln auswendig.«
Nelli hilft ihr, das Buch vom Rücken zu wuchten.
»Wie hast du es nur geschafft, das die ganze Zeit mit dir rumzuschleppen?«, fragt Nelli beeindruckt.
»Übung«, sagt Laura. »Ich trage das Buch mit mir rum, seit ich laufen kann. Und ich konnte natürlich außergewöhnlich früh laufen.«
»Natürlich«, sagt Nelli grinsend.
Und dann stopfen sie das Monstrum von einem Buch mit vereinten Kräften in den Uhrenmechanismus, genau zwischen zwei goldene Zahnräder. Die Mechanik ächzt und stöhnt und rattert, die spitzen Zahnräder fressen sich in das Leder des Einbandes. Laura schluckt.
»Deswegen heißt es also *Zahnräder*«, sagt sie beklommen. »Es sieht aus, als würden sie das Buch beißen.« Laura hat offensichtlich Mitleid mit ihrem Regelbuch.
Einmal knackt es noch, dann stoppen die Zahnräder, verstummt das Tocken, schweigt die Uhr.
Laura und Nelli sehen einander erleichtert an.
»Jetzt zum spaßigen Teil der Angelegenheit«, sagt Laura und schiebt ihre Ärmel hoch.
Während Laura bis zu den Knien in der Mechanik verschwindet, während sie schraubt und ächzt und überraschend gut flucht, sieht Nelli aus dem Fenster. Erst sieht sie nur Nebel. Grau und dicht und irgendwie *lebendig*. Nelli fühlt sich beobachtet. Aber Nebel kann doch keine Augen haben, oder?

Ein Kreischen. Nelli springt zurück. Etwas schlägt gegen das Fenster. Nelli erkennt Federn, Schnäbel.
»Die Ordnungshähne!«, ruft sie erschrocken.
Laura sieht nicht einmal vom Mechanismus auf.
»Solange sie draußen sind, ist alles in Ordnung.«
»Aber was ist, wenn sie Gertrude Bescheid sagen? Sie wird kommen und uns wieder ins Verlies werfen!« Nelli ist verzweifelt.
»Du musst sie finden und ablenken, bis ich hier fertig bin, am besten sogar, bis Hilfe kommt«, sagt Laura. Sie sagt es, als wenn das die einfachste Sache der Welt wäre.
Nelli hat keine große Lust, Gertrude schon wieder zu begegnen, aber Laura hat recht. Der Leuchtturm muss leuchten, und das ist es, was Nelli machen kann, um zu helfen: ihre wahnsinnige Oma ablenken.
»Wie lange brauchst du noch?«, fragt sie Laura.
»Mindestens acht Minuten«, sagt Laura. »Vielleicht auch neun.«
»Dann gehe ich mal«, sagt Nelli leise.
Laura ist schon wieder völlig vertieft.
»Viel Glück«, murmelt sie, ohne von ihrer Arbeit aufzusehen.
Nelli beginnt, die Nebeltreppe hinunterzuklettern. Keine Angst, hat der Streifenmann damals am Strand gesagt. Nelli versucht, keine Angst zu haben, während sie in die dunkle Tiefe hinabsteigt.
Sie überlegt, was das für ein Abenteuer ist. Eins mit gutem Ende oder mit schlechtem? Eins, in dem irgendwann alle fröhlich und zufrieden und bis an ihr Lebensende glücklich

sind? Oder ein Abenteuer mit einem traurigen Ende? Mit einem Ort, der verschwindet, ängstliches Haus nach ängstlichem Haus, mit Einwohnern, die sich in Nebel auflösen, zu traurigen Wolken werden und irgendwann als Herbstregen auf die Erde fallen, Menschen, von denen dann niemand mehr weiß, von denen keiner jemals erfährt.

Nelli kommen die Tränen. Sie will zu Ava. Aber das geht nicht. Weil das Ende des Abenteuers auch von ihr abhängt. Davon, dass sie jetzt sehr, sehr mutig ist und sich traut, ihre verrückte, vernebelte, überbesorgte, verängstigte Oma zu finden. Nelli wischt die Tränen weg und blinzelt: Da ist der Ausgang!

Nelli tastet nach dem großen Türgriff, umschließt das kalte Metall fest mit der Hand.

Das hier ist *mein* Abenteuer, denkt Nelli. Und ich werde dafür sorgen, dass es ein gutes Ende hat!

Nelli drückt den Griff hinunter. Mit aller Kraft stemmt sie sich gegen das modrige Holz der Tür, knirschend öffnet sie sich. Nelli tritt hinaus. Hinter ihr fällt die Tür schwer ins Schloss.

Jetzt gibt es kein Zurück.

Draußen herrscht Nebel. Es muss Nacht sein, aus keinem der Häuser dringt Licht. Nelli atmet tief ein. Erst jetzt fällt ihr auf, wie schlecht die Luft im Turm war. Muffig und irgendwie *ängstlich*. Hier ist sie nebeldicht und liegt schwer auf den Schultern, riecht aber ein bisschen frischer. Und es ist still. Die Nebelwelt fühlt sich anders an ohne das Tocken der großen Uhr. Plötzlich denkt Nelli, dass sie es schaffen kann, dass sie eigentlich keine Angst haben muss. Schließlich ist Gertrude ihre Oma. Eine sehr seltsame, zugegebenermaßen, aber trotzdem: ihre Oma. Mit der muss man doch reden können. Nelli ärgert sich, dass sie kein Geschenk dabeihat. Etwas Selbstgebasteltes. Oder einen Gutschein fürs Blumengießen. Dann fällt ihr ein, dass Gertrude ohnehin keine richtigen Blumen hat und dass Basteln verboten ist, weil dabei alles Mögliche passieren und entstehen könnte.

Sie könnte Gertrude etwas vorsingen zur Ablenkung. Vielleicht wäre es dann wie im Märchen, ihre Oma würde aufwachen aus ihrer seltsamen Nebeltrance und wäre geheilt. Nelli stellt sich vor, wie sie zusammen mit Gertrude und Joachim Weihnachtskekse backt. Der Gedanke macht Nelli richtig fröhlich, und sie fängt an zu summen.

»DU!«, schreit da eine Stimme aus dem Nebel. »Du gruseliges, gefährliches, du eigentlich verschwundenes Kind!«

Nelli denkt, dass das mit dem Keksebacken vielleicht doch keine so gute Idee ist.

»Hallo, Oma«, sagt sie und versucht ein Lächeln. Das Lächeln misslingt. Gertrude sieht zu wütend aus.

»Du!«, schreit sie wieder.

»Oma«, flüstert Nelli.

»Nenn mich nicht *Oma*!«, ruft Gertrude. »Ich habe keine Enkelin. Nichts und niemanden habe ich!«

»Das stimmt nicht«, flüstert Nelli.

»Lügnerin!«, schreit Gertrude. Sie hat jetzt einen knallroten Kopf, und sie spuckt ziemlich. Unter ihrem Arm klemmt der

Oberordnungshahn. Er sieht nicht besonders glücklich aus. Kein Wunder, denn Gertrude quetscht ihn viel zu fest an sich. Hinter Gertrudes rotem, spuckendem Kopf sieht Nelli die Ortsbewohner im Nebel stehen. Sie kann nicht erkennen, ob sie wütend sind oder besorgt. Die Menschen stehen nur da, benebelt und still. Ohne das Tocken kommen sie aus dem Rhythmus, wissen sie nicht, was sie tun, wohin sie gehen sollen.

Gertrude dreht sich zu ihnen um.

»Das ist das Kind, das alles falsch macht! Das Kind, das die Ordnung gefährdet und die Sicherheit zerstört, das Kind, das uns das Tocken geraubt hat!«

Die Ortsbewohner murmeln. Es klingt nicht sehr fröhlich.

»Ich werde dich zurück ins Verlies werfen«, zischt Gertrude Nelli ins Ohr. »Ich werde hinter dir die Tür zunageln. Und dann kannst du nachdenken, über all das, was du falsch gemacht hast.«

»Oma, du musst mir zuhören, da unten im Verlies, da ist A…«

»Schweig!«, schreit Gertrude. Ihre Stimme überschlägt sich. Mit ausgestreckten Armen geht sie auf Nelli zu.

Nelli weicht zurück, dann stößt sie mit dem Rücken gegen die geschlossene Tür.

»Du kannst mir nicht entkommen!«, zischt Gertrude, und damit hat sie leider recht. Es gibt keinen Ausweg.

Es tut mir leid, Mama, Laura, Henri, denkt Nelli. Dass ich es nicht geschafft habe.

Nelli schließt die Augen. Früher, als sie noch sehr klein war,

hat sie geglaubt, dass man mit geschlossenen Augen unsichtbar wird. Dass man, weil man selbst nichts mehr sieht, auch von den anderen nicht mehr gesehen wird. Natürlich weiß Nelli mittlerweile, dass das nicht stimmt. Und trotzdem fühlt sie sich mit geschlossenen Augen sicherer.
Gleich wird Gertrude sie greifen und zurück in den Turm schleifen. Nelli fühlt schon Gertrudes Atem auf der Haut, bildet sich ein, ihre Hände zu spüren, aber es passiert …

NICHTS.

Nelli wartet noch einen Moment, dann öffnet sie vorsichtig die Augen. Gertrude steht starr wie eine Statue. Sie steht im gleißenden Licht. Die Ortsbewohner hinter Gertrude haben die Augen weit aufgerissen. Niemand spricht, keiner rührt sich. Der Leuchtturm wirft sein strahlendes Licht über den Ort, durchbricht den Nebel und lässt die Helligkeit über den Strand, weit übers Meer, bis in die Welt hinaus fliegen.
»Meine Uhr«, flüstert Gertrude. »Meine wunderbare Uhr!«
Nelli sieht hinauf. Oben im Maschinenraum entdeckt sie Lauras Silhouette am Fenster. Ganz sicher ist sie sich nicht, aber Nelli glaubt, dass Laura den Daumen in die Luft streckt.
»Geschafft!«, flüstert Nelli. »Wir haben es wirklich geschafft!«

Zweiunddreissigstes Kapitel

Joachim

»Zur Seite!«, ruft Gertrude und stürzt auf Nelli zu. »Lass mich durch, ich muss das stoppen, das schreckliche Licht!«
»Nein!«, ruft Nelli. Sie ist jetzt auch wütend. Weil Gertrude nicht versteht, dass Nelli ihr helfen will.
Aber vielleicht ist Gertrude irgendwie gefangen. Vielleicht denkt sie, sie *müsste* die Menschen verschwinden lassen. Damit niemandem etwas passiert. Vielleicht ist Gertrude nicht böse, vielleicht ist sie einfach jemand, der viel zu viel, unvorstellbar viel Angst um alle und alles hat. Der nicht allein gelassen werden will und deswegen alle einsperrt.
Nelli erinnert sich an die Stunden im Nebel, in denen sie auf Ava gewartet und sich so einsam gefühlt hat wie noch nie zuvor. Nellis Wut verfliegt.
»Du musst das nicht«, flüstert sie Gertrude zu. »Du musst niemanden verschwinden lassen. Alles wird gut, wenn du aufhörst, dich so schrecklich zu sorgen.«
Gertrude sieht Nelli einen Moment lang direkt an. Ganz kurz sind ihre Augen anders, viel klarer als sonst.
»Ich kann nicht«, haucht sie sehr, sehr leise.
Eine Nebelwolke legt sich um Gertrudes Kopf. Als sich der Nebel lichtet, hat Gertrude wieder die Angst in den Augen.

»Dieses schreckliche Kind hat unsere Ordnung zerstört!«, ruft sie den Ortsbewohnern entgegen.
»Diese Geistschülerin!«, ruft Henris Papa.
»Gastschülerin«, verbessert ihn Henris Mama.
»Egal!«, ruft Henris Papa. »Sie hat meinem Sohn verbotene Ideen in den Kopf gesetzt!« Henris Papa sieht traurig aus, nicht wütend.
»Und jetzt ist er verschwunden«, sagt Henris Mama verzweifelt.
Nelli schüttelt aufgeregt den Kopf. So war das nicht!
»Gertrude hat alle verschwinden lassen«, ruft Nelli. »Sie sind im Turm!« Nelli zeigt auf die Tür. »Kommt mit und guckt selbst. Alle sind da, alles ist da unten!«
Die Ortsbewohner rühren sich nicht. Nur der Oberordnungshahn versucht verzweifelt, sich unter Gertrudes Arm hinauszuwinden. Als es ihm nicht gelingt, hackt er mit dem Schnabel nach ihrer Hand. Erschrocken lässt Gertrude ihn frei.
»Was tust du, mein Liebling, wo willst du hin?«
Der Hahn kreischt aufgeregt und fliegt hoch, in Richtung des Turmes. Einen Moment lang sieht Gertrude ihm fassungslos nach. Ihre Mundwinkel zittern.
»Ich dachte, wir wären ein Team«, sagt sie leise. Dann beginnt sie wieder zu schreien: »Wer den Turm betritt, wird sofort verschwinden! Glaubt diesem merkwürdigen Kind nicht! Diesem Wesen! Wir kennen sie doch gar nicht, sie ist fremd, sie ist böse!«
Nelli drückt sich gegen die Tür. So fies war noch keiner zu

ihr, so hat sie noch niemand beschimpft. Nelli spürt, wie ihr die Tränen in die Augen schießen. Nein, Nelli, denkt sie. Du weinst jetzt nicht. Dann hat sie gewonnen!
Nelli nimmt ihren ganzen Mut zusammen, ihre ganze Kraft und breitet die Arme schützend vor die Tür.
»Ich lasse dich hier niemals durch!«, ruft sie. »Nie im Leben!«
Gertrude wendet sich den drei Wächtern zu.
»Los, ergreift sie!«
Die Wächter machen ein paar Schritte auf Nelli zu. Nelli sieht Henris Papa flehend an. Sie merkt, dass er zögert.
»Wer nicht gehorcht, wird verschwinden!«, ruft Gertrude.
Henris Papa zuckt entschuldigend mit den Schultern. Dann tritt er neben seine Kollegen. Wie eine Wand stehen sie in ihren mächtigen Anzügen vor Nelli.
»Das wird dir noch leidtun«, flüstert Gertrude Nelli zu.
»Nein«, sagt eine ruhige Stimme hinter der Bürgermeisterin. »DIR wird es leidtun, meine Liebe.«
Die Wächter lassen die ausgestreckten Arme sinken, Gertrude fährt herum, Nelli folgt ihrem Blick. Vor den ängstlichen Ortsbewohnern steht das weinende Gespenst. Gertrudes Mann. Nellis Opa. Joachim. Seine Augen sind blutunterlaufen, seine Haut schneeweiß, seine Mundwinkel hängen müde herab. Und trotzdem ist er in diesem Moment mehr Opa als Gespenst. Weil seine Augen blitzen, weil er nicht so aussieht, als würde er jemals in sein Tränenzimmer zurückgehen.
»Du?«, stammelt Gertrude. »Aber wie kannst du hier sein? Du bist doch viel zu … viel zu traurig.« Die Härte verschwin-

det aus Gertrudes Gesicht. Sie sieht jetzt sogar ein bisschen omamäßig aus.
Joachim nickt und lächelt zaghaft. »Ja, aber ich will nicht immer traurig bleiben. Ich will, dass es wieder anders wird.«
Nelli befürchtet, dass er nicht ganz versteht, was für ein riesengroßes Problem es hier gibt. Wie gefährlich Gertrude mit all ihrer Sorge, ihrer himmelhohen Angst ist. Fieberhaft überlegt sie, wie schnell jemand aus der Außenwelt das Licht des Leuchtturms entdecken kann, wann jemand von da draußen sich auf den Weg macht, um ihnen zu helfen. Und plötzlich fragt Nelli sich, ob sie überhaupt kommen werden. Warum sollten sie? Es weiß doch niemand, dass es hier eine wahnsinnige Gertrude und einen gefräßigen Nebel gibt!
»Opa«, ruft Nelli. »Wir müssen etwas tun!«
Joachim nickt. »Du hast recht, Nelli. Wir müssen etwas tun! Nur was?« Er sieht Nelli fragend an, und Nelli seufzt. Es ist ja sehr nett von Opa, dass er aus seinem Tränenzimmer gekommen ist, um sie zu retten. Aber leider klappt das mit der Rettung nicht so toll.
Der Nebel wabert um Gertrudes Beine, legt sich über ihr Gesicht. Die Nebelmaske, durch die Gertrude sie ansieht, ist zornig.
»Stellt sie sicher«, presst Gertrude zwischen den Zähnen hervor.
»Gertrude!«, sagt Joachim erschrocken. »Was ist denn nur aus dir geworden?«
Gertrude sieht Joachim traurig an, doch der Nebel wischt die Traurigkeit gleich wieder weg.

»Ergreift sie!«, ruft Gertrude verzweifelt.
Joachim versucht es noch einmal.
»Aber Gertrude, sieh nur, das hier ist unsere Enkelin! Und unsere Ava lebt! Ava ist zurückgekommen!«
»Genau!«, ruft Nelli. »Und du hast sie mit all den anderen im Verlies eingesperrt! Mit Henri und Laura und Jupiter …«
Gertrude hört gar nicht zu.
»Ergreift sie!«, schreit sie.
Die Wächter setzen sich wieder in Bewegung, die Ortsbewohner wanken benebelt auf Nelli und Joachim zu. Nelli greift Joachims Hand. Die ist trocken und warm und fühlt sich ein bisschen nach Sicherheit an. Opamäßig. Nelli sieht zum Strand hinüber. Da ist niemand. Aber selbst wenn jemand kommt, wird er Nelli und Opa Joachim helfen können?
Als die Wächter nur noch eine Nasenlänge von Nelli und ihrem Opa entfernt sind, grunzt jemand über ihnen. Nelli sieht hoch. Das kann nicht sein! Da oben fliegt Jupiter! Wie macht er das? So weit waren sie doch noch gar nicht mit den Übungen! Ohne den Fahnenmast ist Jupiter noch keinen Zentimeter geflogen!
Zusammen mit ihrem Opa und den Ortsbewohnern sieht Nelli zu, wie Jupiter elegante Pirouetten dreht.
»Ein fliegendes Schwein«, sagt Opa Joachim beeindruckt.
»Das ist Jupiter«, sagt Nelli stolz. »Wir sind gute Freunde!«
»Jetzt hat sie auch noch ein fliegendes Schwein auf uns gehetzt«, ruft Gertrude ängstlich.
Als Jupiter dicht über ihrem Kopf zur Landung ansetzt, geht sie in Deckung. Nelli sieht nun, wie Jupiter das mit dem Flie-

gen macht. Um seinen Bauch ist das Tau vom Strand geschlungen, und das andere Ende des Taus hat der Oberordnungshahn im Schnabel. Sanft setzt er Jupiter auf dem Boden ab.

Gertrude sieht aus, als ob sie gleich ohnmächtig wird. Fassungslos starrt sie ihren Lieblingshahn an.

»Ich dachte, du würdest zu mir halten, du würdest mir helfen. Ich dachte immer, du magst mich.«

Der Hahn kräht etwas, was Nelli nicht versteht. Dann dreht er sich von Gertrude weg, er wendet sich seinen Mithähnen zu. Sein Krähen klingt wie eine Rede. Die anderen Hähne nicken, dann fliegen sie los, auf das Turmzimmer zu.

Gertrude steht mit hängenden Schultern vor dem Hahn. Auf einmal tut sie Nelli sehr, sehr leid.

Neben Nellis Bein grunzt es. Nelli schließt Jupiter in die Arme. Sie ist so froh, ihn bei sich zu haben.

»Ihr seid genau im richtigen Moment aufgetaucht!«

Jupiter grunzt. Das heißt wahrscheinlich: *Ich weiß.*

Die Ortsbewohner fangen plötzlich an zu murmeln, zu winken, zu rufen. Nelli sieht auf. Das ist das Allergroßartigste, was Nelli je gesehen hat: Im gleißenden Licht des Leuchtturms fliegen die Ordnungshähne die Verschwundenen zu ihnen. Da kommen der Verblichene, Karls Bruder, sein

schneeweißer Hund, Lauras Eltern. Da landen Henri und Laura neben Nelli und fallen ihr sofort in die Arme.
»Henri hatte die Idee!«, ruft Laura aufgeregt. »Er hat mit Jupiter und dem Ordnungshahn gesprochen, und dann sind sie losgezogen und haben Verstärkung geholt, und jetzt holen die Hähne alle raus. Das ist so was von genial! Da wäre nicht mal ich drauf gekommen!« Laura ist ganz außer sich vor Begeisterung.
»Henri hat mich abgeholt dort oben. Und dann sind wir zusammen geflogen.« Laura sieht Henri völlig verzaubert an. Jetzt drückt sie ihm auch noch einen dicken Kuss auf die Wange.
Henri wird merkwürdig rot und ist seltsam still. Aber er sieht glücklich aus. Glücklich und zufrieden.
Nelli sieht wieder zum Himmel hinauf. Da hinten landet Ava! Nelli rennt auf sie zu, und Ava fängt sie auf. So wie damals, als Nelli noch klein und leicht war. Obwohl Nelli jetzt nicht mehr so klein und so leicht ist, lässt Ava sie einmal im Kreis fliegen.
»Meine große Kleine!«, ruft sie lachend. »Ich bin so stolz auf dich!«
Nelli drückt sich fest an Ava. Dann fällt ihr etwas ein. Sie zeigt zu Joachim, der immer noch wie festgewachsen vor dem Turm steht.
»Da ist dein Papa!«
Ava zögert. »Ich weiß nicht, Nelli, es ist so lange her …«
»Aber es ist dein PAPA!«, ruft Nelli. »Und er hat versucht, mir zu helfen!«

Ava überlegt. Dann nickt sie. »Kommst du mit?«

Gemeinsam mit Ava geht Nelli auf Joachim zu. Um sie herum fallen sich die Ortsbewohner und ihre Verschwundenen jubelnd in die Arme. Da setzt eine alte Frau erleichtert ihre dicke Brille wieder auf, ein Zauberer seinen spitzen Hut, da begrüßt Karl lachend seinen Bruder und den Hund.

Es ist gar nicht so einfach, durch den Freudentaumel zu Joachim zu gelangen. Schließlich schaffen sie es doch.

»Hallo, Papa«, sagt Ava leise.

Joachim antwortet nicht. Er starrt nur auf Gertrude. Es ist, als würde er sonst nichts sehen und hören.

»Die Ordnung«, murmelt Gertrude. »Die Sicherheit.«

Eine kleine Nebelwolke ploppt aus ihrem rechten Ohr. Nelli beobachtet, wie sie davonschwebt, auf eine dicke Nebelwand zu. Die Nebelwand beginnt zu wabern. Der Nebel türmt sich auf. Jetzt sieht er gar nicht mehr so aus wie eine Wand. Eher wie ein Monster.

Starr vor Angst beobachtet sie, wie die kleine Nebelwolke aus Gertrudes Ohr sich ganz oben in den Nebel setzt. Das Nebelmonster hat jetzt Augen. Augen, die sich langsam öffnen, die sich suchend umsehen, die Nelli blitzend fixieren.

Ängstlich weicht sie zurück.

»Was ist denn, mein Schatz?«, fragt Ava verwundert.

Wortlos deutet Nelli auf den Nebelberg. Der ist leuchtturmhoch, grimmig grau und bitterböse.

»Oh«, flüstert Ava. Schützend legt sie die Arme um Nelli.

Und dann stürzt der Nebel auf sie zu.

DREIUNDDREISSIGSTES KAPITEL

Verwandlungen

Nelli hat sich auf dem Boden zusammengekauert und die Arme schützend um sich geschlungen. Sie fühlt Ava neben sich.

»Alles wird gut«, flüstert Ava. »Wir sind zusammen.«

Nelli kann den Nebel riechen. Muffig und schwer füllt er die Luft.

Nelli schreit. Dann ist ihre Stimme weg.

Sie wartet darauf, dass der Nebel auf sie hinabstürzt, sie mit seinen Nebelhänden greift und in sein Nebelmaul stopft. So ist das also, wenn man *richtig* verschwindet. Wenn der Nebel sich selbstständig macht und nicht länger Gertrude gehorcht. Der Nebel will niemanden sicherstellen oder beschützen. Der Nebel ist hungrig und gefräßig und wütend auf Nelli.

Dann ist das jetzt so, denkt Nelli erschöpft. Dann verschwinde ich jetzt für immer im Nebel. Wenn er nur Mama nichts tut.

Nelli späht zwischen ihren Armen hindurch. Sie sieht, wie der Nebelberg auf sie zustürzt.

»Nein«, flüstert Gertrude kraftlos. »Nein.«

Dann wird es dunkel.

»Nellichen?«, flüstert Ava. »Ist alles in Ordnung?«
Vorsichtig öffnet Nelli die Augen, hebt den Kopf. Das Nebelmonster ist verschwunden, trotzdem ist die Luft irgendwie milchig und finster. Ava drückt Nelli fest an sich.
»Langsam reicht es mir mit diesem Nebel.« Ava klingt richtig empört, und Nelli muss lachen. Ihr reicht es schon lange mit dem Nebel.
Ava lacht auch. »Jetzt reicht es auch erst mal mit den Abenteuern, was? Jetzt fahren wir in einen von diesen umzäunten Ferienparks mit lauwarmem Pool und Bademeister und erholen uns.«
»Wir könnten Minigolf spielen«, schlägt Nelli vor.
»Oder Mau-Mau.«
»Oder …«
Als sie Joachim hinter sich jammern hört, verstummt Nelli. Besorgt sieht sie sich um. Joachim kauert auf dem Boden. Vor ihm liegt Gertrude.
»Meine Liebe«, murmelt Joachim. »Bitte wach auf!«
Nelli und Ava hocken sich neben Joachim. Er sieht sie verzweifelt an.
»Der Nebel ist irgendwie … es sah so aus … er ist richtig in sie hineingefahren. Er hat sie … Sie ist …«
Joachim kann nicht weitersprechen.
Betreten sieht Nelli auf Gertrude. Ihre Augen sind offen, aber irgendwie milchig. Es sieht aus, als tanze der Nebel darin einen Freudentanz. Nelli will das nicht. Das soll so nicht sein! Der Nebel darf nicht gewonnen haben. Nicht nach all dem, was Henri, Laura, Jupiter, Mama und sie erlebt und

erforscht und durchlitten haben! Nelli will ein gutes Ende für ihr Abenteuer! Aber was kann sie tun? Der Nebel hat es irgendwie geschafft, sich Gertrude zu schnappen.
Jupiter legt seine Schnauze auf Nellis Knie, der Oberordnungshahn streicht mit dem Flügel vorsichtig über Gertrudes Haar, das leblos auf dem Boden klebt. Gemeinsam beobachten sie, wie Ava Gertrudes Hand nimmt.
»Mama«, sagt sie leise. »Ich bin zurück!«
Und dann öffnet Gertrude die Augen.
»Ava«, sagt sie schwach und atmet tief aus.
Mit dem Ausatmen weicht der Nebel aus Gertrudes Augen, werden sie klar und knallgrün. Eine kleine Nebelwolke schwebt aus ihrer Nase.
»Entschuldigt bitte«, ruft der Briefträger, der gerade neben ihnen landet. Er fängt die Nebelwolke in einem hölzernen Kästchen auf und verschließt es fest. »Geschafft«, sagt er erleichtert. »Erledigt.«
Nelli ist gebannt von der Verwandlung, die jetzt mit Gertrude passiert: Ihre fahle Haut wird rosig, ihre angeklatschten Haare ploppen auf wie Popcorn und werden zu Ringellocken. Zu Pusteblumenhaaren! Der Strichmund lächelt, und zum

ersten Mal sieht Nelli, dass Gertrude auch Lippen hat. Plötzlich sieht sie aus wie eine … wie eine echte …

»Oma!«, ruft Nelli begeistert.

»Nelli«, ruft Oma. »Das wurde aber auch wirklich langsam Zeit. Wo war ich nur mit meinen Gedanken?«

»Ganz woanders«, sagt Nelli lachend.

Zufrieden beobachtet sie, wie Joachim und Gertrude einander umarmen, wie sie Ava in die Umarmung ziehen, wie Ava dabei strahlt. Dann steckt auch Nelli plötzlich mitten im Umarmungsknäuel. Es fühlt sich gut an. Gut auf eine ganz grundsätzliche, auf eine ganz Oma-Opa-Mama-Nelli-Familien-mäßige Art.

»Seid ihr bald fertig?«, fragt Henri ungeduldig. »Ich möchte nämlich jetzt so ein Fest feiern!«

Nelli löst sich aus der Umarmung und geht zu ihren Freunden.

»Was ist denn das, so ein Fest?«, fragt Laura neugierig.

Henri grinst triumphierend. »Ha! Siehst du! Ganz so schlau bist du nämlich auch nicht!«

Zu Nellis Überraschung wird Laura über diesen Spruch nicht böse.

»Kann sein«, sagt sie. »Aber du kannst es mir ja erklären.«

»Gerne«, sagt Henri. »Ein Fest ist, wenn gefeiert wird!«

»Ach so!«, sagt Laura.

Und dann feiern sie so ein Fest.
Es ist ein rauschendes Fest. Ein Fest in einem vom Nebel befreiten, in einem verwandelten Ort.
Und während die Ortsbewohner Tische, Bänke, Stühle und Lampions aus dem Raum der Verschwundenen nach draußen tragen,
während der Briefträger auf seinem fliegenden Fahrrad Kuchen und Torten aus der ganzen Welt herbeifliegt,
während Henris Eltern ihren Sohn stolz an sich drücken und Henris Mama ihm ins Ohr flüstert, dass sie das wusste, das mit Lauras *Schreibmaschine*, dass sie ihn sonst nie im Leben in den Wolkentafelraum geschickt hätte,
während Henri erleichtert darüber ist,
während Jupiter und der Oberordnungshahn sich in einer ruhigen Ecke endlich ihre Liebe gestehen,
während die Häuser den letzten Nebel ausatmen und ihr Putz sich bunt verfärbt,
während die Blumen zu wachsen beginnen, das Gras grün wird, ein erster Vogel ein erstes Zwitschern wagt,
während die Sonne den Ort wiederfindet und die Bewohner sich ihre angeklebten Haare zerwuscheln,
während Lauras Mama mit einem Krug Kakao in den Händen stolpert und hinfällt und während alle sehr erschrocken darüber sind und Lauras Mama zu lachen beginnt,
während sie sich wundert, dass sie so lange Angst vor etwas hatte, das gar nicht schlimm ist,
während Lauras Papa ihr wieder auf die Beine hilft und allen gesteht, dass er gerne Wiener Walzer tanzt,

während Lauras Eltern also einen Wiener Walzer tanzen und Laura sich dafür zuerst sehr schämt, es dann aber eigentlich sehr schön findet,
während Gertrude und Joachim sich von Ava ihre Abenteuer der letzten Jahre erzählen lassen und ziemlich darüber staunen, was man so erleben kann,
während Nelli die Pflanzen auf dem Busdachgarten gießt und diesen Ort plötzlich sehr gerne mag,
während die winzige Kompassnadel sich nach Süden ausrichtet, legt dort unten am Strand ein kleines Boot an.

Das größte Abenteuer seines Lebens! Ein Kinderkrimi von Kirsten Boie

Kirsten Boie
Der Junge, der Gedanken lesen konnte
Ein Friedhofskrimi
320 Seiten · Ab 10 Jahren
ISBN 978-3-7891-3191-2

Als Valentin unter den alten Bäumen des Friedhofs steht, ahnt er nicht, dass gerade das größte Abenteuer seines Lebens beginnt. Ist der Friedhofsgärtner Bronislaw etwa ein Verbrecher? Valentin wird durch seine seltsame Gabe, Gedanken lesen zu können, in allergrößte Gefahr gebracht …

GRANDIOS (Bücher), Kinder- und Jugendbuchliste (SR), Lillipuz-Tipp (WDR), Kinderbuch-Couch-Star*

Oetinger

Weitere Informationen unter: **www.kirsten-boie.de, www.facebook.com/KirstenBoie** und **www.oetinger.de**